Passion texane

DIANA PALMER

Passion texane

COLLECTION HORIZON

éditions Harlequin

Cet ouvrage a été publié en langue anglaise
sous le titre :
THE PRINCESS BRIDE

Traduction française de
FLORENCE BERTRAND

HARLEQUIN®

est une marque déposée du Groupe Harlequin
et Horizon® est une marque déposée d'Harlequin S.A.

83-85, boulevard Vincent-Auriol, 75013 PARIS — Tél. : 01 42 16 63 63

Service Lectrices — Tél. : 01 45 82 47 47
www.harlequin.fr

ISBN 978-2-2808-0916-4 — ISSN 0993-4456

1.

Tiffany reconnut de loin la silhouette élancée de Kingman qui caracolait sur le magnifique étalon noir. L'homme et le cheval avaient fière allure. Le puissant animal semblait respecter son maître, tout comme la plupart des habitants de Jacobsville, Texas. Installée au bord de la rivière Guadalupe depuis l'époque de la guerre de Sécession, sa famille comptait parmi les plus anciennes du pays.

On était au printemps, et il fallait rassembler le bétail. Il n'était pas rare de voir King en selle dès l'aube pour prêter main-forte à ses cow-boys. Il se maintenait en forme en travaillant au ranch. En tant qu'associé du père de Tiffany, il disposait d'un bureau en ville, mais ne s'y rendait pas très souvent.

Cette année, un enclos avait été aménagé sur une large bande de terrain plat afin d'y amener les bêtes. C'était là qu'on séparait les veaux de leur mère avant de les marquer au fer. C'était un travail dur, qui exigeait de l'expérience. King refuserait tout net de laisser Tiffany y participer, mais ce n'était pas cela qui l'intéressait aujourd'hui. Si seulement elle pouvait attirer son attention, si seulement il regardait dans sa direction…

Prenant soin de ne pas toucher le fil barbelé, elle se mit debout sur le barreau branlant de la clôture usée par les intempéries, et agita son Stetson dans les airs. Avec ses jodhpurs marron, son chemisier rose et ses hautes bottes noires, elle était l'élégance incarnée.

Son père, Harrison Blair, appréciait King. Tiffany savait qu'il aurait approuvé un mariage entre eux. A condition, naturellement, qu'elle puisse convaincre King de l'épouser. Il était tantôt distant, tantôt agressif. Il ne serait pas une conquête facile pour une jeune fille de vingt et un ans, élevée comme elle l'avait été dans un milieu protégé. Mais Tiffany se savait belle, intelligente, et ne manquait pas de confiance en elle.

Ses longs cheveux noirs, qu'elle se refusait obstinément à faire couper, tombaient en cascade jusqu'à sa taille. Ils complétaient sa silhouette mince et svelte, et encadraient joliment son délicat visage ovale, soulignant l'éclat de ses yeux verts et son teint crémeux. Elle avait un sourire radieux, et elle était pleine d'entrain, habitée par une joie de vivre que, d'après son père, elle avait héritée de sa mère disparue.

— King ! appela-t-elle d'une voix cristalline, qui résonna dans l'air matinal.

Il tourna la tête vers elle. Même à cette distance, elle distinguait l'expression froide de ses yeux bleu pâle, de son visage austère, aux traits bien dessinés. C'était un homme riche, qui travaillait avec acharnement, mais ne manquait pas de distractions. Il avait des liaisons, Tiffany le savait, même s'il était extrêmement discret. Il n'y avait rien d'espiègle chez lui. Il avait grandi avant l'heure, élevé à la dure par un père autoritaire et alcoolique qui exigeait une obéissance aveugle de son fils unique.

En atteignant la clôture, il tira sur les rênes du cheval et décocha à Tiffany un sourire légèrement arrogant. Il était bien bâti, mince mais musclé, les jambes longues et les épaules larges. Le col ouvert de sa chemise rouge révélait un torse hâlé et sexy, recouvert d'une épaisse toison brune. Tiffany ne put s'empêcher de baisser les yeux sur ses grandes mains fines qu'elle mourait d'envie de sentir sur elle. Cela avait peu de chances de se produire. La plupart du temps, King la traitait comme une enfant.

— Tu es debout de bonne heure, ma petite, observa-t-il d'une voix profonde et veloutée où perçait une pointe d'accent texan.

Ses yeux, dans l'ombre de son chapeau à large bord, étaient gris-bleu, perçants comme seuls peuvent l'être des yeux bleus.

— J'aurai vingt et un ans demain, rétorqua-t-elle vivement. J'organise une grande fête pour mon anniversaire, et il faut que tu viennes. Tenue de soirée exigée, et ne t'avise pas d'amener une autre femme. Tu es à moi pour toute la soirée…

Il arqua ses sourcils bruns, arborant une expression à la fois indulgente et amusée.

— Tu aurais pu me prévenir plus tôt que tu me voulais comme cadeau d'anniversaire, dit-il. Je dois être à Omaha à l'aube samedi.

— Tu possèdes ton propre avion, lui rappela-t-elle. Sers-t'en.

— Il faut aussi que je dorme, murmura-t-il.

Il alluma une cigarette, en tira une bouffée, exhalant la fumée avec une exaspération feinte.

— Ah, les femmes et leurs caprices ! fit-il d'un ton songeur. Très bien, je te ferai danser et je porterai un toast à ta majorité, mais je ne pourrai pas rester longtemps.

— Tu vas te tuer à la tâche, se plaignit-elle, devenue grave. Tu n'as que trente-quatre ans, et tu en parais déjà quarante.

— Les temps sont durs, mon chou, répondit-il avec un sourire. Les prix du bétail sont en baisse et nous connaissons une sécheresse terrible.

— Tu pourrais tout de même te détendre quelquefois. Et je ne parle pas d'aller passer une soirée en ville, mais de partir en vacances. De te reposer.

— Il n'y a pas de place à la maison de retraite, fit-il avec un nouveau sourire. D'ailleurs, je n'ai pas les moyens de prendre des vacances en ce moment.

Désireux de détourner son attention, il changea de sujet.

— Que vas-tu porter pour ta grande fête ?

— Une robe magnifique. En soie blanche, avec un décolleté profond, des bretelles en strass et un gardénia blanc dans les cheveux.

Il esquissa une moue.

— Ça me paraît dangereux, dit-il doucement.

— Ce le sera, promit-elle en lui décochant un

regard taquin. Tu vas peut-être même remarquer que je ne suis plus une petite fille.

King fronça légèrement les sourcils. Tiffany avait l'habitude de flirter avec lui, mais depuis quelque temps, cela le mettait mal à l'aise. Il se surprenait à l'éviter sans vraiment savoir pourquoi, hormis que le seul fait de la regarder suffisait à éveiller le désir en lui…

Il changea de position sur sa monture. Elle était beaucoup trop jeune pour lui, et de plus, elle était encore vierge. Toutes ces années passées auprès d'un père trop protecteur avaient contribué à faire de Tiffany une jeune fille à la fois immature et hors d'atteinte. Mieux valait qu'il ne la laisse pas s'approcher trop près. Non que quiconque se fût jamais trop approché de Kingman Marshall, pas même ses rares maîtresses. Il avait de bonnes raisons de garder les femmes à distance. Il avait appris à ses dépens que la gent féminine était traîtresse, indigne de confiance.

— A quelle heure ? s'enquit-il d'un ton résigné.

— Vers 7 heures ?

Il réfléchit une minute.

— D'accord, fit-il en inclinant son chapeau sur ses yeux. Mais je ne resterai qu'un moment.

— Parfait !

L'instant d'après, il fit faire demi-tour à l'étalon et s'éloigna, tandis que Tiffany le suivait du regard. Une même arrogance, à la fois irritante et irrésistible, semblait se dégager de l'homme et du cheval. King était très séduisant, songea-t-elle, envahie par une vague de chaleur.

Elle laissa échapper un long soupir, puis se détourna enfin et enfourcha sa jument. Pourquoi vouait-elle donc une telle admiration à cet homme ? Un de ces jours, il allait se marier, et elle en mourrait ! Sauf si c'était elle qu'il épousait…

La réalité s'imposa brutalement à Tiffany. Un homme tel que lui, mûr, fortuné, expérimenté, ne voudrait jamais d'une jeune épouse naïve à ses côtés. Cette pensée lui fut si douloureuse qu'elle faillit perdre le contrôle de sa monture. Pour la première fois, elle doutait de ses chances de conquérir King. Et la perspective d'une vie sans lui était si affreuse, si effrayante… Comment pourrait-elle s'y résoudre ?

Songeuse, elle prit le chemin du retour vers la propriété de son père, voisine de celle de King. Par endroits, l'herbe ressemblait à du fil barbelé tant elle était rare et sèche. C'était de mauvais augure pour le bétail. Si la pluie tardait à venir, cette maigre verdure allait brûler sous le soleil ardent du Texas.

Le père de Tiffany possédait des prairies depuis qu'elle était toute petite, et elle connaissait bien le métier d'éleveur. Elle savait que si le foin manquait à la fin de l'été, King devrait acheter du fourrage pour nourrir son bétail durant les mois d'hiver. Le coût d'une telle opération était monstrueux. Pour un élevage de la taille de celui de King, elle pourrait être synonyme de désastre.

Eh bien, songea-t-elle, si King faisait faillite, elle pourrait chercher un emploi et le soutenir financièrement ! Tiffany étouffa un rire à cette pensée. King était bien trop fier pour accepter ce genre d'aide.

Par certains côtés, il avait des principes d'un autre âge. Il avait envers la vie et les femmes une attitude blasée. Il consacrait presque tout son temps à travailler, et semblait avoir oublié de jouir de l'argent qu'il gagnait.

Comme elle sortait de l'écurie, son père apparut sur le seuil de la maison, un vaste ranch aux murs crépis de jaune, agrémenté d'une terrasse et d'un petit jardin. Derrière se trouvaient une piscine et un garage qui abritait la décapotable rouge de Tiffany et la Mercedes grise de son père. Des chênes et des pacaniers entouraient la propriété. La Guadalupe était proche, et, tout autour, les plaines du Texas s'étendaient à perte de vue, semblables à un rouleau de tissu jaune-vert.

— Ah, te voilà ! marmonna Harrison Blair.

C'était un homme de haute taille, aux yeux verts et aux cheveux grisonnants. Malgré un début d'embonpoint et une légère tendance à se voûter, il était toujours très élégant.

— J'ai une réunion du conseil d'administration et je suis en retard. Le traiteur a téléphoné au sujet de demain soir… apparemment, il ne peut pas fournir les feuilletés au fromage.

— J'appellerai Lottie. Elle me les fera si je le lui demande gentiment, sourit-elle en pensant à sa marraine. A propos, King viendra. Je lui ai tendu une embuscade à la rivière.

Son père la regarda par-dessus ses lunettes, son visage ridé légèrement préoccupé.

— Fais attention, mon petit. Si tu le poursuis trop, tu finiras par le perdre…

— Mais non, répondit-elle en riant, tu verras. Un de ces jours, j'aurai la bague au doigt. Il ne peut pas me résister, même s'il ne le sait pas encore…

Harrison Blair se contenta de secouer la tête

sans répondre. Tiffany était si jeune. Elle n'avait pas encore découvert que la vie pouvait reprendre d'une main ce qu'elle vous tendait de l'autre. Mais après tout, elle avait le temps d'apprendre ces dures leçons. Qu'elle profite de sa jeunesse et de son bonheur le plus longtemps possible. Il savait que King n'épouserait jamais une femme-enfant comme sa fille adorée. Tôt ou tard, elle devrait s'y résigner.

— J'espère être de retour avant 4 heures, dit-il en se baissant pour déposer un baiser affectueux sur sa joue. Allons-nous boire du champagne ? Si oui, as-tu averti le traiteur ?

— Oui, et oui, assura-t-elle. Après tout, on n'a pas tous les jours vingt et un ans.

Il la contempla avec fierté.

— Tu es tout le portrait de ta mère, murmura-t-il. Elle serait aussi fière de toi que je le suis.

Tiffany eut un sourire incertain. Elle avait de sa mère, disparue des années auparavant, des souvenirs doux-amers. Madame Blair avait été une femme vive, éblouissante, une perle rare. Son père ne s'était jamais remarié et ne semblait guère rechercher la compagnie des femmes. Il avait dit un jour à Tiffany que le grand amour était rare et précieux. Sa mère et lui avaient eu de la chance. Le passé lui suffisait.

— Combien d'invités attendons-nous ? s'enquit-il en mettant son Stetson.

— Une quarantaine, dit-elle. Nous ne serons pas trop nombreux. Il y aura mes amis et certains amis de King.

Elle sourit.

— Je voulais m'assurer qu'ils s'entendent bien avant de l'entraîner jusqu'à l'autel.

Il éclata de rire. Tiffany était incorrigible. Et elle avait hérité de son sens des affaires.

— Crois-tu qu'ils aient beaucoup de choses en commun ?

Elle esquissa une petite moue.

— L'argent et le bétail font toujours bon ménage, observa-t-elle. D'ailleurs, les amis de King font presque tous de la politique. Ils s'enorgueillissent de trouver des points communs avec les électeurs potentiels.

Il lui adressa un clin d'œil complice.

— Bien vu.

Son père parti, Tiffany appela Lettie et les traiteurs afin de régler les derniers détails de la soirée. Elle était une hôtesse accomplie, et elle aimait recevoir. C'était toujours un défi d'inviter des gens et de les réunir dans une atmosphère conviviale. Jusque-là, elle s'en était toujours bien tirée. Et elle tenait là l'occasion rêvée de montrer ses talents à King.

Tiffany monta l'escalier pour aller s'habiller, grignotant distraitement une aile de poulet. Les fleurs venaient d'être livrées, et le traiteur arrivait. Il y aurait un buffet froid et un bar, mais pas de repas formel, car elle avait décidé qu'elle préférait passer la soirée à danser plutôt qu'à dîner. Par conséquent, elle avait engagé un orchestre, dont les musiciens se trouvaient déjà dans la salle de bal, en train d'accorder leurs instruments, tandis que Cass, la gouvernante, supervisait les cow-boys du ranch, chargés de déplacer le mobilier et d'installer des chaises.

Elle grimpa les marches quatre à quatre, débordante d'excitation à la pensée de la soirée à venir. King venait rarement chez eux, et seulement pour discuter affaires avec son père ou pour boire un verre avec des relations de celui-ci. C'était la première fois qu'il assistait à une réception.

Et Tiffany espérait bien que tout se déroulerait selon ses plans.

Elle avait jeté son dévolu sur Kingman Marshall.

Il ne lui restait plus qu'à passer à l'action.

2.

La tenue de Tiffany était la création d'un couturier de San Antonio qui avait une boutique dans un des grands centres commerciaux de la ville. La jeune fille avait eu le coup de foudre pour cette robe, et elle avait dépensé sans ciller toute l'allocation mensuelle que lui versait son père pour l'acheter.

A la fois simple et sophistiquée, c'était exactement le genre de robe qui ferait prendre conscience à King que Tiffany était devenue une femme. Le corsage décolleté révélait la naissance de ses seins, et les bretelles en strass étaient si fines qu'elles semblaient superflues. Les plis soyeux du jupon tombaient juste sur ses ballerines en satin ornées de boucles. Elle s'était confectionné un chignon sophistiqué, retenu par des épingles en diamant. Le petit gardénia blanc, piqué dans ses boucles à la dernière minute, produisait un effet fantastique, alliant l'innocence à la séduction.

Satisfaite, elle se contempla dans la glace.

Enfin, elle descendit les marches de l'élégant escalier incurvé, légèrement nerveuse. Les invités arrivaient déjà. La plupart étaient du même âge que King. C'étaient des hommes d'affaires prospères, souvent accompagnés de ravissantes épouses ou amies. L'espace d'un instant, Tiffany se sentit trop jeune, mal à l'aise. Puis elle plaqua sur ses lèvres son sourire d'hôtesse et alla accueillir les nouveaux venus.

Personne n'aurait pu deviner qu'elle avait les jambes flageolantes. A vrai dire, elle jouait si bien son rôle que Wyatt Corbin, un jeune célibataire, prenant son sourire pour une invitation, se mit à la suivre partout. Grand et dégingandé, les cheveux tirant sur le roux, il était séduisant à sa manière, mais pas très sophistiqué. L'eût-il été que cela n'aurait rien changé. Tiffany ne songeait qu'à King, et elle papillonna de groupe en groupe, s'efforçant de se débarrasser de son admirateur.

Malheureusement, ce dernier se révéla obstiné. Il la guida sur la piste au moment précis où King faisait son entrée.

Tiffany réprima un gémissement de frustration. King était incroyablement beau dans sa tenue de soirée. Son smoking accentuait son teint hâlé, et la blancheur éclatante de sa chemise en soie soulignait ses yeux et ses cheveux sombres. Jetant à Tiffany un regard amusé, il se détourna bientôt pour répondre aux attentions de deux femmes célibataires, plus âgées qu'elle. Sa secrétaire, Carla Clark, n'avait pas été invitée — Tiffany avait été inflexible sur ce point. Il y avait déjà assez de rumeurs qui circulaient sur eux deux, et Carla aurait été une concurrente de trop !

Et voilà qu'à cause de son cavalier de dernière minute, Tiffany avait manqué sa chance. Elle adressa à ce dernier un sourire innocent, puis, avec une précision remarquable, lui écrasa l'orteil d'un coup de talon.

— Aïe ! gémit-il, prenant une brève inspiration.

— Je suis désolée, Wyatt, murmura Tiffany en battant des cils. Je vous ai marché sur le pied ?

— C'est ma faute, répondit-il avec un sourire forcé. Vous êtes une excellente danseuse, mademoiselle Blair.

Quel charmant menteur ! songea Tiffany. Elle jeta un regard furtif à King, mais il ne prêtait pas attention à elle. Il bavardait avec une blonde superbe, sans doute la fille d'un politicien local, qui avait la mine réjouie de quelqu'un qui vient de déballer son cadeau de Noël.

Eh bien, s'il allait l'ignorer, elle pouvait lui rendre la pareille. Déçue et vexée, elle souda ses grands yeux verts à ceux de Wyatt. Joyeux anniversaire ! songea-t-elle avec amertume, avant dc lui demander ce qu'il faisait dans la vie. Apparemment, il travaillait pour la municipalité, et il lui décrivit ses responsabilités avec force détails durant le reste de la valse, et toute celle qui suivit.

King s'était assis sur le canapé à côté de la jolie blonde, et semblait sur le point de la demander en mariage. Tiffany aurait voulu hurler son indignation. C'était son anniversaire ! Et qui diable avait amené cette fille ici ? se demanda-t-elle, parcourant la salle d'un regard assassin.

— Jc devrais tout de même faire danser ma cousine Becky, soupira Wyatt. Je ne savais pas qui inviter. Excuscz-moi un instant, voulez-vous ?

Il s'éloigna et se dirigea droit vers la blonde qui monopolisait King. Mais, s'il s'était attendu à ce qu'elle renonce à sa conquête, il se trompait lourdement. Ils échangèrent quelques paroles à mi-voix, tandis que King toisait Tiffany d'un regard moqueur.

Elle lui tourna le dos et alla se servir un verre de punch.

Wyatt revint presque aussitôt.

— Cela ne l'ennuie pas que je la néglige, gloussa-t-il. Elle s'est trouvé un éleveur à séduire. C'est Kingman Marshall, là-bas, vous savez.

Tiffany le toisa froidement.

— Vraiment ? fit-elle d'un ton innocent, s'efforçant de ne pas trahir sa fureur.

A eux deux, Wyatt et sa cousine lui avaient gâché son anniversaire.

— Je me demande ce qu'il fait ici ? reprit Wyatt en fronçant les sourcils.

Elle le prit par la main.

— Dansons, marmonna-t-elle en l'entraînant sur la piste.

Pendant tout le reste de la soirée, elle ne quitta pas Wyatt d'une semelle, ignorant King comme si elle ne l'avait jamais vu de sa vie et ne se souciait pas de le revoir. Qu'il flirte avec d'autres femmes pendant sa fête d'anniversaire ! Qu'il lui brise le cœur ! Il ne le saurait jamais. Elle ne lui montrerait pas son chagrin quoi qu'il lui en coûte. Elle sourit à Wyatt, flirta outrageusement avec lui, et fut le boute-en-train de la soirée, allant même jusqu'à prier son compagnon de l'aider à servir le gâteau d'anniversaire. King ne parut pas remarquer son attitude, et encore moins s'en soucier. En revanche, son père était perplexe, et la regardait d'un air interrogateur.

— Cette soirée est d'un ennui ! soupira Tiffany une heure plus tard, incapable de supporter plus longtemps le spectacle de la blonde qui se cramponnait à King sur la piste. Allons faire un tour…

Wyatt eut l'air gêné.

— C'est-à-dire que… je suis venu en pick-up.

— Nous prendrons ma Jaguar.

— Vous avez une Jaguar ?

Elle n'eut pas besoin d'insister. Sans même lancer un regard en direction de King, elle adressa un petit signe d'adieu à son père et lui souffla un baiser, entraînant Wyatt vers la porte d'entrée. Non qu'il ait tenté de résister. Il resta un instant interdit lorsqu'elle lui lança les clés avant de s'installer sur le siège passager de l'élégante voiture de sport rouge.

— Vous… voulez dire que je peux la conduire ?

— Bien sûr. Allez-y. Elle est assurée. Mais j'aime rouler vite, Wyatt.

Et ce soir, c'était vrai. Elle était lasse de cette soirée, lasse de King, lasse de la vie qu'elle menait. Elle souffrait comme elle n'avait jamais souffert auparavant. Elle n'avait qu'une envie : s'enfuir, s'évader.

Wyatt prit le volant et démarra. Tiffany avait baissé sa vitre. D'un geste délibéré, elle retira les épingles en diamant et les mit dans son sac, laissant ses longs cheveux noirs voler dans le vent. Le champagne qu'elle avait bu commençait à produire son effet et, grisée par la vitesse, elle se sentait gagnée par une fausse euphorie. Après tout, elle se moquait éperdument de l'indifférence de King.

Eperdument !

— Quelle voiture ! s'émerveilla Wyatt en s'engageant sur la route principale.

— N'est-ce pas ? dit-elle en riant, avant de se laisser aller en arrière et de fermer les yeux, se refusant à penser davantage à King. Plus vite, Wyatt ! Nous roulons comme des escargots ! J'adore foncer, pas vous ?

Il ne se le fit pas dire deux fois. Il écrasa la pédale d'accélérateur, et la Jaguar fit un bond en avant, aussi rapide et aussi élégante que l'animal dont elle portait le nom.

Elle rit de plus belle, savourant la sensation de vitesse, le paysage flou qui défilait à toute allure sous ses yeux. Oui, cela chasserait tous les mauvais souvenirs, tout le chagrin…

Le hurlement d'une sirène les ramena brutalement à la réalité. Jetant un coup d'œil par-dessus son épaule, Tiffany aperçut un gyrophare qui tournoyait sur le toit d'une voiture de police.

— Oh, pour l'amour du ciel ! s'écria-t-elle. Je ne l'ai pas vue arriver.

Elle gloussa de sa propre plaisanterie, mais Wyatt ralentit et se gara sur le bas-côté, le visage blême.

— Je suis vraiment désolé, dit-il en se tournant vers Tiffany. Et le jour de votre anniversaire, en plus…

— Ça m'est égal. C'est moi qui vous ai dit d'aller plus vite, lui rappela-t-elle.

Un policier à la silhouette élancée s'avança vers eux.

— Wyatt ? s'écria-t-il, visiblement stupéfait.

Avec un soupir, ce dernier lui tendit son permis de conduire.

— Tiffany Blair, je vous présente Bill Harris,

un de nos nouveaux agents, qui est aussi mon cousin.

— Ravie de faire votre connaissance, même si j'aurais préféré que ce soit en d'autres circonstances, murmura Tiffany avec un sourire incertain. C'est moi qui devrais avoir la contravention, pas Wyatt. C'est ma voiture, et c'est moi qui lui ai demandé d'accélérer.

— Tu roulais à plus de cent trente, tu sais, dit doucement le policier à Wyatt. M. Clark va être furieux. Il vient justement de faire un discours sur les excès de vitesse...

— Il me déteste, de toute façon, grogna Wyatt.

— Je ne lui dirai pas que tu as eu une contravention si tu ne t'en vantes pas, sourit Bill.

— Il l'apprendra de toute façon. Tu verras.

— C'est ma faute, marmonna Tiffany. Et c'est mon anniversaire...

Un élégant cabriolet noir apparut derrière la voiture de patrouille et s'arrêta. Une minute plus tard, King en descendit et vint se joindre au petit groupe.

— Que se passe-t-il, Bill ? demanda-t-il au policier.

— Excès de vitesse, monsieur Marshall,

répondit ce dernier. Il va falloir que je lui donne une amende. Il roulait à tombeau ouvert.

— Quelle surprise…, commenta King en regardant le visage pâle de Tiffany.

— Personne ne m'y a obligé, intervint Wyatt calmement. C'est ma faute. J'aurais pu refuser.

King acquiesça.

— Il faut parfois savoir dire non. Viens, Tiffany. Tu as fait assez de bêtises pour ce soir. Je te ramène chez toi.

— Je n'irai nulle part avec toi, King ! commença-t-elle rageusement.

Ouvrant la portière passager de la Jaguar, il la tira sans ménagement hors du véhicule. Un frisson parcourut le bras de Tiffany au contact des doigts minces et puissants de King.

— Je n'ai pas de temps à perdre à discuter. Tu as causé assez d'ennuis à Wyatt.

Il se tourna vers ce dernier.

— Si vous voulez ramener la Jaguar, je crois que votre cousine est prête à rentrer. Désolé pour votre soirée gâchée.

— Elle n'a pas été gâchée du tout, monsieur Marshall, affirma Wyatt en adressant un sourire à Tiffany. Hormis la contravention, j'en ai savouré chaque seconde.

— Moi aussi, Wyatt, répondit Tiffany. Je… King, vas-tu arrêter de me tirer par le bras ?

— Non. Bonsoir, Wyatt, Bill…

Ils répondirent en chœur tandis qu'il entraînait une Tiffany réticente et boudeuse vers son cabriolet noir. Il la fit monter à l'intérieur, puis s'installa au volant et démarra.

— Je te déteste, siffla-t-elle alors qu'il s'engageait sur la route.

— Ce n'est pas une raison pour transformer ce pauvre Wyatt en délinquant.

Elle lui décocha un regard assassin dans la pénombre.

— Je ne l'ai pas transformé en délinquant ! Je lui ai seulement proposé de conduire la Jaguar !

— Et tu lui as dit à quelle vitesse rouler ?

— Il ne s'est pas plaint !

Il jeta un coup d'œil dans sa direction. Malgré sa posture rigide et la colère qui se lisait sur son charmant visage, il ne pouvait s'empêcher de la trouver excitante. Une bretelle avait glissé sur son épaule, révélant un petit sein rond. Sa robe en soie soulignait chacune des courbes de son corps, et son parfum flottait autour d'elle comme un nuage de séduction. Tiffany l'excitait, et cela l'irritait plus que de raison.

Il alluma une cigarette dont il n'avait pas envie, puis se hâta de l'éteindre, se souvenant un peu tard qu'il avait arrêté de fumer la semaine précédente.

— Je ne sais pas pourquoi tu m'as invité, dit-il d'un ton sec, si tu avais l'intention de passer toute la soirée avec le secrétaire de mairie.

— Secrétaire-adjoint, corrigea-t-elle en jetant à son tour un regard vers lui.

Elle écarta une mèche rebelle de sa bouche, songeant qu'il semblait fâché. Son visage était plus dur que d'habitude, et il roulait aussi vite que Wyatt l'avait fait.

— Si tu veux.

— Je ne savais pas que tu avais remarqué ce que je faisais, King, répondit-elle suavement. Etant donné que la jolie petite cousine de Wyatt était enroulée autour de toi comme une liane.

Il arqua les sourcils.

— Enroulée autour de moi ?

— Non ? fit-elle en détournant les yeux. Pardon. C'est l'impression que j'ai eue.

Il gara la voiture sur le côté de la route et se tourna vers elle, laissant le moteur tourner au ralenti. Sa main était crispée sur le volant, et son regard sombre fixé sur elle.

— Tu étais jalouse, mon cœur ? fit-il d'un ton qu'elle ne lui avait jamais entendu.

Sa voix était sourde, sensuelle. Tiffany en éprouva de délicieux picotements un peu partout.

— Je pensais que tu allais être mon invité, c'est tout, balbutia-t-elle.

— C'est ce que je pensais aussi avant que tu commences à séduire ce Wyatt machin-chose.

Son doigt jouait avec la bretelle qui avait glissé sur le bras de Tiffany. Elle fit mine de la remonter, mais King fut plus rapide qu'elle. Ses doigts puissants se posèrent sur les siens.

Elle leva vers lui des yeux interrogateurs. Dans le silence de l'habitacle, elle entendait battre son propre cœur, comme l'écho distant d'un tambour.

King promena son index sur la bretelle, effleurant doucement une peau lisse qui n'avait encore jamais connu le contact d'un homme. Tiffany se raidit légèrement en sentant qu'il traçait le contour de son sein.

— On va se… s'inquiéter de notre absence, dit-elle d'une voix qui lui parut à la fois effrayée et suraiguë.

— Tu crois ?

Il sourit lentement, conscient de l'excitation

qu'il provoquait en elle. Ses seins se soulevaient et s'abaissaient rapidement, au rythme de sa respiration saccadée. Il distinguait les pointes dressées sous le tissu soyeux. Une veine palpitait à son cou.

Ce soir, Tiffany devenait une adulte, dans tous les sens du terme.

D'un geste lent et délibéré, il tendit une main derrière lui et éteignit le moteur avant de se retourner vers elle. La pleine lune suffisait à les éclairer.

— King…, chuchota-t-elle, tremblante.

— N'aie pas peur, dit-il doucement. Ça va être délicieux.

Comme paralysée sur place, elle ne réagit pas tandis qu'il abaissait davantage la bretelle sur son bras, lentement, inexorablement, jusqu'à révéler la pointe durcie de son mamelon. Le corsage glissa, dénudant complètement ses seins au regard de King. Il avait vu des femmes nues par le passé. Mais cette fois, c'était différent. Cette fois, il s'agissait de Tiffany…

Cette pensée attisa encore son désir. Du bout des doigts, il traça le contour de sa clavicule, en même temps qu'il observait son visage. Silencieuse, comme sous le choc, elle écarquillait les yeux.

Peut-être tout ceci était-il nouveau pour elle, et un peu effrayant aussi.

— Tu es une femme, à présent. Il faut bien que cela arrive avec quelqu'un.

— En ce cas… je veux… que ce soit toi, souffla-t-elle d'une voix incertaine.

Le pouls de King s'emballa. Il fronça les sourcils.

— Vraiment ? Je me demande si tu sais à quoi tu t'engages, murmura-t-il.

Puis il se pencha sur elle, et remarqua sa tension soudaine, l'appréhension qui se lisait dans son regard.

— Je ne vais pas te faire mal, murmura-t-il.

Elle se laissa aller contre le siège en cuir, le corps raidi, tremblant un peu. Pourtant, ce n'était pas la peur qui l'animait. D'un geste délibéré, lisant le désir viril dans ses yeux brûlants, elle arqua le dos pour faire tomber le corsage plus bas.

— Tes seins sont exquis, dit-il distraitement, sa main caressant doucement, tendrement, la courbe d'un globe, déclenchant un frisson en elle. Parfaits…

— Ils me font mal, murmura-t-elle dans un demi-sanglot, les yeux mi-clos, en proie à l'assaut de délicieuses sensations.

— Laisse-moi faire, chuchota-t-il avec un bref sourire.

Il posa l'index sur la pointe dressée de son sein et la titilla doucement, jusqu'à la faire durcir davantage, arrachant à Tiffany un petit cri.

Elle le regarda, les yeux écarquillés, voilés par le désir.

Elle le laisserait faire tout ce qu'il voulait, comprit-il, tandis qu'une vague de chaleur le submergeait.

Tiffany remua contre le siège, le corps impatient à présent, suppliant. Rejetant la tête en arrière, elle entrouvrit les lèvres, offerte.

Il glissa un bras derrière son cou et l'attira plus près, sa bouche frôlant la sienne. Sans détacher son regard du sien, il referma les doigts sur son sein, taquinant le mamelon du pouce. Elle gémit et se mordit la lèvre.

— Ne fais pas ça, dit-il en se penchant vers elle. Laisse-moi…

Ses lèvres dures touchèrent les siennes, les mordillant doucement, tandis qu'il continuait à lui caresser le sein.

— Embrasse-moi, mon cœur, souffla-t-il en se penchant sur elle de nouveau.

Il prit possession de sa bouche, et elle gémit

de nouveau, folle d'excitation. Jamais elle n'avait imaginé qu'un baiser puisse être aussi intime, si délicieusement exquis.

— King, haleta-t-elle en enfouissant les doigts dans sa nuque, tirant ses cheveux. Encore…

Il ne s'était pas attendu à un tel élan, et se montra plus brusque qu'il n'en avait eu l'intention. Il écrasa ses lèvres sur les siennes, caressant ses seins tour à tour, savourant la sensation des pointes dures qui révélaient combien Tiffany le désirait.

Oubliant l'heure et l'endroit, il la souleva soudain sur ses genoux, soutenant son corps d'un bras tandis qu'il prenait son sein dans sa bouche.

Sous le choc du plaisir qu'il lui donnait, elle laissa échapper un petit cri perçant et s'arqua vers lui, avivant encore son ardeur. Ses mains se crispèrent dans les épais cheveux bruns de King, tandis que des larmes de frustration ruisselaient sur ses joues fiévreuses.

— Ne t'arrête pas…, supplia-t-elle, en l'attirant à elle. Je t'en prie.

— Je ne sais pas si j'en serais capable, avoua-t-il. Tu sens aussi bon qu'un gardénia… ici.

Les sens embrasés par les gémissements de Tiffany, il prit un mamelon dans sa bouche, puis le globe tout entier. Faisant glisser la robe plus bas encore, il pressa les lèvres sur le ventre plat de Tiffany, et descendit jusqu'à la bande élastique de son slip et sur ses hanches avant de revenir à sa taille et à ses seins frémissants.

Elle trouva les boutons de sa veste, ceux de sa chemise en soie, et se mit à les défaire maladroitement, brûlant de le toucher, de le goûter comme il la goûtait. Lorsqu'elle eut tiré sur les pans de ses vêtements, elle posa la paume de sa main à plat sur la toison virile de son torse, le caressant avec un plaisir douloureux.

En proie à un délire de passion, il l'enlaça étroitement, savourant la sensation de sa peau soyeuse contre lui. Son corps exigeait satisfaction, à présent. Il fit pivoter Tiffany légèrement de manière à amener ses hanches délicates contre les siennes, lui montrant combien il la désirait.

Elle tressaillit en comprenant sa passion et enfouit le visage dans son cou, tremblante.

— Tu es choquée, Tiffany ? lui murmura-t-il à l'oreille, d'une voix légèrement altérée, comme s'il n'avait pas tout à fait le contrôle de lui-même. Tu ne savais pas que le désir a cet effet sur le corps d'un homme ?

— C'est incroyable, n'est-ce pas, de faire ça ensemble ? souffla-t-elle d'une voix incertaine, les yeux clos. Mais non. Je ne suis pas choquée. Je te désire aussi. Je veux être avec toi. Savoir quel effet cela me fera de…

King absorba ses paroles avec un mélange de joie et de stupeur. Son esprit engourdi recommença à fonctionner. Le désir. Le sexe. Il ouvrit brusquement les yeux. Bon sang, elle avait vingt et un ans ! Et elle était vierge ! Elle était la fille de son associé. Que diable était-il en train de faire ?

Il se détacha d'elle, portant un dernier regard impuissant sur ses seins gonflés et tendus avant de dénouer les bras qu'elle avait mis autour de son cou et de la repousser dans son siège. Non sans mal, il descendit de la voiture, son propre corps douloureux luttant contre lui alors qu'il tentait désespérément de s'éloigner de l'insupportable tentation.

Debout près du pare-chocs, haletant, la chemise ouverte et le torse moite de sueur, il se pencha légèrement, laissant le vent rafraîchir sa peau brûlante.

Avait-il perdu la tête ?

Tiffany, qui venait tout juste de recouvrer ses

esprits, l'observait sans vraiment comprendre ce qui se passait. Et puis elle comprit qu'il avait failli aller trop loin. Il avait commencé à lui faire l'amour avant de se rappeler qui elle était et de s'arrêter net.

Elle aurait voulu descendre à son tour et aller le réconforter, mais cela aurait sans doute aggravé les choses. Baissant les yeux, elle se rendit compte qu'elle était à demi nue. Et il l'avait vue ainsi. Il l'avait caressée…

Elle remonta sa robe, soudain gênée. Leur étreinte lui avait semblé naturelle tout à l'heure, mais elle se sentait honteuse à présent. Elle tira sur les bretelles et rajusta son corsage, détournant les yeux de ses seins durcis que King avait embrassés…

Un léger frisson la parcourut à ce souvenir. Elle le connaissait sous un jour nouveau, désormais. Et il allait la détester, songea-t-elle tristement. Il allait la détester de lui avoir permis d'aller aussi loin, de l'avoir excité. Mais ce n'était pas elle qui s'était ravisée, après tout. Elle en aurait été bien incapable.

Soudain elle sentit le rouge lui monter aux joues, et elle lissa ses cheveux d'une main tremblante. Comment pouvait-elle retourner à la fête à présent, dans cet état ? Tout le monde saurait ce qui s'était passé. Et si jamais Wyatt arrivait dans la Jaguar…

Elle regarda derrière eux, mais aucune voiture n'était en vue. Elle comprit brusquement qu'ils se trouvaient sur les terres de King et non sur les siennes. Avait-il prémédité tout cela ?

Au bout d'un instant, il se redressa, passa une main dans ses cheveux moites, reboutonna sa chemise et la remit dans son pantalon. Puis il rajusta sa veste et sa cravate.

Lorsqu'il se retourna vers elle, il semblait pâle et distant. Tiffany jeta un coup d'œil vers lui comme il refermait la portière, cherchant en vain quelque chose à dire.

— Je te ramène chez toi, dit-il sèchement. Mets ta ceinture.

Il démarra sans lui accorder un regard, et fit demi-tour. Quelques minutes plus tard, ils arrivaient chez Harrison Blair.

La maison était tout illuminée, bien que la plupart des voitures aient disparu. La Jaguar garée près de la porte indiquait que Wyatt était revenu. Tiffany ne savait pas quel genre de voiture il conduisait, et ne pouvait savoir s'il était déjà reparti ou non. Elle espérait que oui, car elle ne tenait pas à le revoir.

King s'arrêta devant la porte, mais n'éteignit pas le moteur.

Elle tendit la main vers la poignée et se retourna vers lui, terriblement nerveuse.

— Tu es fâché ? demanda-t-elle doucement.

Il regardait droit devant lui.

— Je ne sais pas.

Elle se mordilla la lèvre inférieure, et retrouva le goût des lèvres de King.

— Moi je ne regrette rien, dit-elle d'un ton têtu, empreint de défi.

Cette fois, il se tourna vers elle, l'air légèrement amusé.

— Non. Moi non plus.

Malgré son embarras, elle parvint à esquisser un petit sourire.

— Tu as dit que ça devrait arriver tôt ou tard.

— Et tu voulais que ça arrive avec moi. C'est ce que tu as dit.

— Je parlais sérieusement, répondit-elle à voix basse.

Ses yeux fouillèrent les siens, mais elle n'y trouva pas de secrets.

— Je n'ai pas honte.

Le regard sombre de King s'attarda longuement sur elle.

— Tu es exquise, Tiffany. Mais beaucoup trop jeune pour une aventure. Et malgré ma conduite de ce soir, je n'ai pas pour habitude de séduire les jeunes vierges.

— Une aventure est tout ce que tu as à offrir ? demanda-t-elle avec une maturité nouvelle.

Lèvres pincées, il parut réfléchir.

— Je crois que oui. J'ai trente-quatre ans. J'aime ma liberté. Je ne veux pas m'engager. Pas encore, tout au moins. Et tu n'es pas assez âgée pour assumer ce genre de relation. Il faut que tu grandisses un peu.

Elle se sentait très adulte, au contraire, mais il n'aurait servi à rien de discuter avec lui.

— Pas au lit, en tout cas, fit-elle, une lueur espiègle dans ses yeux verts.

Il prit une profonde inspiration.

— Tiffany, il n'y a pas que le sexe dans une relation. Et d'ailleurs, tu n'as aucune expérience en la matière.

— Je peux apprendre, murmura-t-elle.

— Et vite, à en juger par ce soir, admit-il avec un sourire taquin. Mais un couple se lasse vite du plaisir physique.

— Toi et moi ? répondit-elle d'un ton empreint de doute. Je ne crois pas que cela se produirait jamais. Je m'imagine te séduire dans toutes sortes d'endroits.

Malgré lui, le cœur de King fit un bond dans sa poitrine.

— Par exemple ? demanda-t-il malgré lui.

— Dans une élégante voiture de sport, souffla-t-elle. Garée juste devant chez moi…

Une veine palpitait à la tempe de King. Elle le rendait fou avec son regard provocant, son sourire mutin…

— Tu ferais mieux de rentrer, dit-il d'un ton sec.

— Je suppose que oui, répondit-elle avec ironie. Cela serait du plus mauvais effet, n'est-ce pas, si quelqu'un venait et nous surprenait…

— Tiffany…

Elle ouvrit la portière, et se retourna vers lui, admirant son visage dur, crispé. Il était incroyablement élégant dans son smoking, même si, à cet instant précis, elle savourait le souvenir de ses propres mains caressant son torse nu et puissant.

— Sauve-toi pendant que tu le peux, mon cher, dit-elle doucement. Nous nous reverrons.

— Je suis un vieux renard, mon chou, rétorqua-t-il. Tu ne m'auras pas facilement.

— Nous verrons bien, fit-elle en souriant. Bonne nuit, mon chéri.

Retenant son souffle, King la regarda refermer la portière et lui envoyer un baiser. Il fallait qu'il s'en aille, songea-t-il, atterré. Il n'avait aucune intention de se voir contraint au mariage, mais Tiffany était la tentation personnifiée. Le meilleur moyen de gérer la situation était de s'éloigner pendant quelques semaines, le temps qu'ils se reprennent l'un et l'autre.

Il était bon de garder la tête froide, en affaires comme en amour.

Il enclencha une vitesse et démarra, bien résolu à partir dès le lendemain en voyage. Tiffany l'oublierait. Et il l'oublierait aussi. Il avait connu des femmes. Il avait déjà éprouvé ce genre de désir dévastateur. Mais il était hors de question de le satisfaire avec une vierge.

Une vision de Tiffany à demi nue s'imposa à son esprit, et la frustration revint, douloureuse.

Son visage se durcit, tandis qu'il écrasait la pédale d'accélérateur.

Une séparation l'aiderait-il à chasser cette image de sa mémoire ?

Il fallait l'espérer.

3.

— King est parti en voyage d'affaires, annonça Harrison Blair trois jours plus tard. Et tu n'as pas l'air très surprise.

— Il a peur, dit-elle avec un sourire triomphant, levant les yeux d'un ouvrage en crochet qu'elle confectionnait pour sa chambre. Je ne peux pas lui en vouloir. Si j'étais poursuivi par une femme aussi persistante, je ferais pareil.

Il secoua la tête.

— Ce n'est pas ce que tu crois, répondit-il d'un ton songeur. Il a emmené sa secrétaire.

Le cœur de Tiffany manqua un battement, mais elle fit mine de s'appliquer à sa tâche.

— Vraiment ? J'espère que Carla prendra plaisir au voyage. Où sont-ils allés ?

— A Nassau. King est en pourparlers avec le ministre du Commerce pour des exportations de bœuf. Mais je suis sûr que Carla a emporté son maillot de bain.

Tiffany crocheta trois mailles en silence. Carla Stark était rousse, séduisante, et elle n'était certainement plus vierge. Elle réprima l'envie de hurler. Ce serait puéril. La fuite de King était un contretemps, rien de plus.

— Tu ne dis rien ? reprit son père.

Elle haussa les épaules.

— Je n'ai rien à dire.

Il hésita.

— Je ne veux pas être cruel, commença-t-il. Et je sais que tu rêves d'épouser King. Mais il a trente-quatre ans, ma chérie ! Tu n'en as que vingt et un, et tu manques encore de maturité. J'ai sûrement été un père un peu trop protecteur. Peut-être ai-je eu tort d'être aussi strict au sujet de tes fréquentations masculines.

Cela n'aurait rien changé, répondit-elle timidement. Je suis amoureuse de King depuis mes quatorze ans. Je n'ai jamais pu m'intéresser aux garçons de mon âge.

— Je vois.

Elle déposa son ouvrage dans le panier et se leva, marquant une pause pour déposer un baiser sur la joue hâlée de son père.

— Ne te fais pas de souci pour moi. Je n'en ai peut-être pas l'air, mais je suis forte.

— Je ne veux pas que King te brise le cœur.

Elle sourit.

— Il ne le fera pas !

— Tiffany, King n'est pas homme à se marier, poursuivit son père sèchement. Et je me moque pas mal de ces attitudes modernes. S'il essaie de te séduire, notre association sera terminée. Il est hors de question qu'il joue avec toi.

— C'est exactement ce qu'il m'a dit, assura-t-elle. Il ne veut pas d'une liaison avec moi.

Son père parut décontenancé.

— Il t'a dit cela ?

Elle hocha la tête.

— Bien sûr, il a ajouté qu'il ne voulait pas se marier. Mais toutes les relations connaissent des obstacles, n'est-ce pas ?

Le visage de son père s'assombrit.

— Ecoute-moi bien. Ne te mets pas en tête de le séduire, tu m'entends ?

— Je pourrais si je le désirais, répondit-elle, mais je ne le ferai pas, alors cesse de faire cette tête. Je veux avoir un foyer et des enfants, pas une liaison de quelques mois qui se termine par un bracelet en diamant et un bouquet de roses.

— De quoi parles-tu ?

— D'après Lettie, c'est ainsi que King prend congé de ces dames, expliqua-t-elle avec un petit sourire. En général, elles ne durent pas plus de deux ou trois mois. C'est gentil de leur part, n'est-ce pas, de le laisser s'entraîner avec elles en attendant qu'il m'épouse ?

Son père la dévisagea avec consternation.

— Tu ne vois pas d'inconvénient à ce qu'il se conduise ainsi ?

— Je te l'ai dit, je ne veux personne d'autre que lui. Je ne pouvais pas vraiment m'attendre à ce qu'il vive dans l'abstinence alors qu'il ne savait pas qu'il allait m'épouser un jour. Je veux dire, il a passé des années à chercher la femme idéale, et j'étais là, sous son nez. A présent qu'il sait que j'existe, je suis sûre qu'il n'y aura personne d'autre. Pas même Carla.

Harrison s'éclaircit la gorge.

— Enfin, Tiffany…

Elle sourit.

— J'espère que tu veux avoir des petits-enfants ?

— Tiffany…

— J'ai envie d'une tasse de thé. Qu'en dis-tu ?

— S'il te plaît.

— J'arrive, dit-elle en souriant.

Il la suivit des yeux tandis qu'elle s'élançait vers la cuisine, ravissante dans son jean et son T-shirt bleu, ses longs cheveux rassemblés en queue de cheval. Elle ne semblait pas assez âgée, songea-t-il, attendri, pour sortir avec un homme. Sans parler de se marier !

Tiffany rêvait d'une ribambelle de petits garçons et filles jouant dans ses jupons les jours d'été, et s'imaginait assise près de King, la main dans la main, tandis qu'ils regardaient ensemble la télévision le soir. Mais surtout, elle échafaudait des plans pour venir à bout de sa résistance. Maintenant qu'elle s'était fait remarquer de lui, elle voulait garder son attention…

Ayant téléphoné à son bureau pour se renseigner sur la date de son retour, elle apprit qu'il avait rendez-vous avec son père le lundi suivant, juste avant l'heure du déjeuner.

Tiffany consacra tout le week-end à ses préparatifs de campagne. Elle allait pêcher ce poisson si sexy, d'une manière ou d'une autre…

***

Le lundi matin, après avoir dépensé une fortune pour acquérir une robe en soie vert jade qui la moulait comme une seconde peau, elle se rendit à Jacobsville. Elle avait relevé ses cheveux en un chignon compliqué, retenu par une épingle en jade, et complété sa tenue par des escarpins noirs et un sac à main assorti. Elle se savait élégante et très séduisante lorsqu'elle franchit le seuil du bureau de son père au moment précis où ce dernier, en compagnie de King, s'apprêtait à sortir déjeuner.

— Tiffany ! s'écria son père, écarquillant les yeux à sa vue.

King la fixait avec non moins d'attention, les sourcils froncés, son regard descendant sur elle comme une caresse.

— Je n'ai plus un sou, avoua-t-elle à son père d'un ton penaud. J'ai dépensé tout ce que j'avais pour acheter cette robe. Elle vous plaît ?

Elle tournoya sur elle-même, prenant la pose pour King. La mâchoire de ce dernier se crispa, et Tiffany réprima un sourire.

— Elle est très jolie, ma chérie, répondit Harrison. Mais pourquoi n'utilises-tu pas ta carte de crédit pour le restaurant ?

— Parce que je voulais seulement faire

quelques petites courses ici et là pour un pique-nique improvisé, répondit-elle, baissant les yeux d'un air timide.

— Tu pourrais venir déjeuner avec nous, proposa-t-il.

King ne dit rien, mais il avait la mine d'un homme traqué.

Tiffany s'en aperçut.

— C'est gentil de ta part, papa, mais je n'ai pas le temps. A vrai dire, j'ai rendez-vous avec quelqu'un. J'espère que la robe lui plaira, mentit-elle effrontément. Peux-tu me donner un billet de dix dollars ?

Harrison sortit son portefeuille.

— En voici deux, dit-il en les lui tendant, avant de lui lancer un regard méfiant. Ce n'est pas Wyatt, j'espère ? Ce garçon est trop influençable.

— Non. Ce n'est pas Wyatt. Merci, papa. Au revoir, King.

— Qui est-ce ?

Au son de la voix grave de King, légèrement irritée, Tiffany se figea sur le seuil. Elle se retourna, arquant les sourcils comme si sa question l'avait choquée.

— Tu ne le connais pas, répondit-elle. Je serai de retour après dîner, papa.

— Comment peux-tu aller pique-niquer dans cette robe ? insista King d'un ton sec.

Une main sur la hanche, elle lissa le tissu soyeux.

— Ce n'est pas un pique-nique traditionnel. Nous allons déjeuner dans son salon. Il a une cheminée. Ce sera délicieusement romantique !

— Nous sommes au mois de mai, grogna King. Il fait trop chaud pour faire du feu.

— Nous ne nous assoirons pas trop près. Au revoir !

Elle sortit du bureau et s'engouffra dans l'ascenseur, à peine capable de contenir sa joie. Elle avait perturbé King. Qu'il croie donc à son mensonge pendant le reste de la journée ! songea-t-elle. Peut-être alors se sentirait-il aussi mal à l'aise que Tiffany l'avait été lorsqu'il avait emmené sa secrétaire à Nassau…

Naturellement, elle avait inventé toute cette histoire de pique-nique, et elle n'avait pas de rendez-vous. Sur le chemin du retour, elle s'arrêta acheter un plat à emporter. Une heure plus tard, étendue devant sa propre cheminée — qui n'était pas allumée — elle feuilletait nonchalamment un magazine de mode. Elle avait troqué sa robe contre un jean moulant et un débardeur décolleté. Ses pieds étaient nus, et ses cheveux détachés tombaient librement sur ses épaules.

Elle tressaillit en voyant King surgir sur le seuil. Elle ne s'était pas attendue à être prise en flagrant délit.

— Où est-il ? demanda-t-il, les mains dans les poches de son pantalon en toile. Il se cache sous le canapé ? Ou derrière une chaise ?

Paralysée sur place, Tiffany le fixait, les yeux écarquillés.

— Ce n'est pas joli de mentir, observa-t-il.

— Je ne mentais pas. Enfin, peut-être un peu, admit-elle en lui décochant un regard furieux. Tu as bien emmené Carla à Nassau, n'est-ce pas ? J'espère que tu t'es bien amusé.

— Vraiment ? J'en doute.

Refermant abruptement la porte derrière lui, il s'avança vers elle, l'élégance incarnée dans son complet gris, ses cheveux bruns reflétant la lumière.

Elle roula sur elle-même et fit mine de se lever, mais il ne lui en laissa pas le temps. D'un mouvement fluide et incroyablement rapide, il se retrouva soudain étendu de tout son long sur elle, et prit possession de sa bouche.

Il se cala entre ses jambes en même temps qu'il lui attrapait les poignets. Puis il plongea son regard dans le sien tout en se pressant contre elle, révélant l'intensité de son désir. Tiffany rougit malgré elle, et une lueur sombre jaillit dans les yeux de King.

— Tu vois, murmura-t-il en contemplant d'un air satisfait ses lèvres gonflées par le baiser, c'est comme cela qu'on fait l'amour. Remonte tes jambes. Je veux que tu me sentes complètement contre toi.

— King !

Il changea de position et se pencha de nouveau sur elle, la contraignant à ouvrir les lèvres. Tiffany retint son souffle, troublée par la soudaine intimité de leur position. La situation était si différente de l'autre soir, songea-t-elle confusément. Alors, elle avait été l'agresseur, la tentatrice. A présent, elle était sur la défensive. Il la désirait, il était sûr de lui tandis qu'elle se sentait jeune et incertaine, envahie de sensations inconnues, affolantes.

Il surprit son gémissement étouffé et leva la tête.

— Tu savais que faire l'amour procure du plaisir ? murmura-t-il.

— Je l'ai lu dans les livres, avoua-t-elle, haletante.

Elle frissonna tandis qu'il se pressait de nouveau contre elle pour lui faire prendre conscience de la réaction de son corps.

— C'est mieux que de lire, non ? fit-il d'un ton taquin, tout en lui mordillant les lèvres. Laisse-moi t'embrasser.

— King, je ne suis pas sûre…

— Si, murmura-t-il. Mais tu éprouves un peu d'appréhension, et c'est normal. On t'a dit que tu aurais mal, n'est-ce pas ?

Elle déglutit, étourdie de sensations.

— Je te donnerai tout le temps nécessaire, le moment venu, chuchota-t-il. Si tu es suffisamment excitée, cela ne t'ennuiera pas d'avoir un peu mal. Cela pourrait même intensifier le plaisir.

— Je ne comprends pas.

Les lèvres de King effleurèrent les siennes.

— Je sais. C'est justement ce qui me plaît. Mets tes mains sur l'arrière de mes cuisses et tiens-moi contre toi.

— C… Comment ?

— Tu as porté cette robe pour me séduire,

grommela-t-il. Tu y as réussi. Maintenant, satis-fais-moi !

— Je… mais je… King !

Il avait glissé les mains sous elle, la caressant de manière choquante.

— Ce n'est pas ce que tu voulais ? C'est que tu laissais entendre quand tu as pris la pose dans le bureau de ton père !

— Certainement pas !

Il abaissa de nouveau les hanches sur elle, et elle se souleva à sa rencontre, gémissant de plaisir.

— Nie-le encore…

Elle en était incapable. Son corps n'était plus qu'un brasier. Les mains puissantes de King repoussèrent le débardeur et le minuscule soutien-gorge dessous, puis écartèrent les pans de sa propre chemise.

Tandis qu'il l'embrassait, elle ondulait sous lui, tremblant de sentir sa peau nue contre la sienne. Embrasée par un désir farouche, elle caressa son ventre musclé, puis, alors qu'il détachait ses lèvres des siennes pour protester, elle entoura de ses mains hésitantes son membre raidi à travers le tissu.

Il gémit, et fut secoué d'un frisson. Puis il roula sur le côté et lui prit la main pour la guider sur son corps, lui enseigner le rythme sensuel dont il avait besoin.

— Continue, mon cœur, murmura-t-il en l'embrassant avec ardeur. Ne t'arrête pas. Touche-moi. Oui, oh… oui.

Fascinée et encouragée par sa réaction aux caresses qu'elle lui donnait, Tiffany se rapprocha de lui, posant ses lèvres sur la toison épaisse qui recouvrait son torse. Il tremblait à présent, et semblait étrangement vulnérable.

Puis il roula sur le dos, trahissant le désir qu'il avait d'elle. Immobile, les yeux clos, il s'abandonna aux mains douces et inquisitrices de Tiffany.

Elle appuya la joue contre sa peau brûlante, submergée de sensations neuves, qu'elle n'avait jamais osé imaginer. Elle apprenait son corps à la manière d'une amante.

— Dis-moi quoi faire, murmura-t-elle en se pressant contre lui. Je ferai n'importe quoi pour toi…

Sa main captura la sienne, et la retint pendant une longue et douloureuse minute. Puis il la porta à sa poitrine et la garda là pendant qu'il reprenait son souffle.

Ses seins semblaient frais, pressés sur son torse

nu. Les yeux fermés, elle reposait tout contre lui, plus près qu'elle ne l'avait jamais été.

— C'était excitant, dit-elle d'une voix étranglée. Jamais je n'avais imaginé te toucher ainsi, et en plein jour, encore !

King ne put réprimer un rire. Elle était si délicieusement innocente !

— Chut, gronda-t-elle. Mary pourrait t'entendre et entrer !

Prenant appui sur un coude, il contempla ses seins nus.

— Elle en prendrait plein les yeux, n'est-ce pas ? plaisanta-t-il en traçant le contour d'un mamelon durci, satisfait de constater qu'elle ne cherchait pas à protester.

— Mes seins sont trop petits, murmura-t-elle.

Il sourit.

— Non. Pas du tout.

Elle baissa les yeux sur les doigts qu'il avait posés sur sa peau blanche.

— Tu es si bronzé, comparé à moi…

— Surtout là, où tu es si pâle, souffla-t-il.

Il se pencha, effleurant de ses lèvres le globe lisse qu'il caressait, et prit le mamelon dans sa bouche, aspirant doucement.

Elle s'arqua, laissant échapper un gémissement farouche, les poings crispés, submergée par l'assaut des sensations.

King réagit aussitôt. Sa caresse se fit plus insistante, plus ardente, plus dure. Le corps de Tiffany se raidit, et fut soudain secoué d'un spasme impossible à maîtriser.

Hors d'haleine, elle s'agrippa à lui, enfouissant le visage dans son cou tandis qu'elle luttait pour apaiser ses membres tremblants.

La bouche de King était devenue tendre à présent, plutôt que troublante. Il déposa une traînée de brefs et tendres baisers sur elle, terminant par ses lèvres frémissantes.

Gênée, elle leva vers lui des yeux pleins de larmes, révélant les émotions qui déferlaient en elle.

Il secoua la tête, et tira un mouchoir de sa poche pour lui sécher les joues.

— Ne pleure pas, murmura-t-il doucement. Tes seins sont très sensibles. J'aime la manière dont tu réagis à mes caresses.

Il sourit.

— Il n'y a pas de quoi pleurer.

— C'est… c'est normal ?

Tendant la main vers elle, il lissa ses cheveux noirs.

— Pour certaines femmes, je suppose, répondit-il en fouillant son regard. Je n'ai jamais eu cette expérience avant. J'en suis heureux. Il faut bien qu'il y ait une ou deux premières pour moi aussi.

— Je voudrais avoir plus d'expérience, dit-elle inquiète.

— Ça viendra.

Du bout du doigt, il traça le contour de son nez, de ses lèvres gonflées.

— Tu m'as manqué.

Tiffany crut avoir été transportée au paradis.

— Vraiment ? sourit-elle.

Il acquiesça.

— Non que je l'aie voulu, grommela-t-il, avec tant de réticence qu'elle ne put s'empêcher de glousser.

Appuyé sur un coude, il la dévisagea longuement, les sourcils froncés, l'air songeur.

Tiffany sentait son indécision, doublée d'une tension qu'elle ne lui connaissait pas. Elle promena son regard sur son visage mince et sombre, puis le plongea dans le sien.

— Tu m'attires terriblement, murmura-t-il.

Je n'ai jamais ressenti cela. Je ne sais pas quoi faire.

— Moi non plus, répondit-elle honnêtement.

Elle prit une profonde inspiration, soudain consciente de sa nudité et de l'air frais sur sa peau.

King se rendit compte de son malaise et l'aida à se rhabiller, avec des gestes adroits qui ne firent qu'ajouter à la gêne de Tiffany.

— Tu me donnes l'impression d'être affreusement jeune, avoua-t-elle.

— Tu l'es, dit-il sans hésitation.

Il étrécit les yeux.

— Tout cela devient dangereux. Je ne peux pas m'empêcher de te toucher. Et pour rien au monde je ne veux séduire la fille unique de mon associé.

— Je sais, King, dit-elle avec dignité.

Elle le regarda se lever et rajuster sa chemise et sa cravate. La scène était curieusement intime.

Il le savait. Contrairement à ses lèvres, ses yeux souriaient.

— Qu'allons-nous faire ? demanda-t-elle, nerveuse.

Il la fixa avec une intensité troublante.

— Je donnerais cher pour le savoir, dit-il en l'aidant à se relever.

Les mains puissantes de King s'attardèrent sur ses épaules.

— Tu n'as pas envie d'aller en Europe ?

Elle arqua des sourcils surpris.

— Pour quoi faire ?

— Tu pourrais aller à l'université. Ou en vacances. Lettie t'accompagnerait, ajouta-t-il. Elle te dorloterait, et tu reviendrais la tête pleine de connaissances en histoire…

— Je ne tiens pas à aller en Europe, et je ne m'intéresse pas vraiment à l'histoire.

Il poussa un soupir.

— Tiffany, je ne vais pas avoir une aventure avec toi.

— Je ne te l'ai pas demandé, rétorqua-t-elle avec une moue boudeuse.

Elle baissa les yeux.

— Mais je ne coucherai avec personne d'autre. Je ne pense qu'à toi depuis que j'ai eu quatorze ans.

King fronça les sourcils, abasourdi et bouleversé par cet aveu. Cette histoire allait trop loin, et il ne savait comment y mettre fin. Tiffany était trop jeune. Beaucoup trop jeune. Elle n'avait ni l'assurance, ni la maturité, ni la sophistication nécessaire pour survivre dans son univers. Il aurait pu le lui dire, mais elle n'aurait pas voulu l'écouter. Elle vivait dans un rêve. Il ne pouvait se permettre de faire la même chose.

Il garda le silence. Les mains enfoncées dans ses poches, il la fixait avec inquiétude, stupéfait par l'emprise qu'elle avait sur lui. C'était la première fois de sa vie qu'une femme éveillait un tel brasier en lui en se promenant vêtue d'une robe en soie. A vrai dire, depuis la soirée de son anniversaire, il n'avait pu chasser de son esprit la vision de son corps mince et lisse. Elle le rendait fou de désir, seulement… que faire ? Un mariage était hors de question, sans parler d'une liaison. Elle était la fille de son associé, après tout.

— Tu te fais du souci, murmura-t-elle.

Il haussa les épaules.

— Je vais m'en aller pour quelque temps, dit-il brusquement. Peut-être que ça passera si nous n'y prêtons pas attention.

Ainsi, il allait continuait à résister. Elle s'y était attendue, et pourtant, elle était vaguement déçue.

— Je peux apprendre, dit-elle.

Il arqua les sourcils.

— Je sais être une hôtesse, continua-t-elle, comme s'il lui avait lancé un défi. Je connais déjà la plupart des gens que tu fréquentes. Je n'ai plus quinze ans.

King étrécit les yeux.

— Tiffany, tu sais peut-être organiser une réception, mais tu n'as pas la moindre idée de ce qu'est une épouse.

Le cœur de Tiffany se mit à cogner dans sa poitrine.

— Je pourrais apprendre à en être une.

Le visage de King se durcit.

— Pas avec moi. Je ne veux pas me marier. Et avant que tu dises quoi que ce soit, ajouta-t-il en levant une main pour l'en empêcher, oui, j'ai envie de toi. Mais cela ne suffit pas. Ce n'est même pas un début. Je suis peut-être le premier homme que tu désires, Tiffany, mais l'inverse n'est pas vrai.

4.

Le sourire moqueur qu'il arborait emplit Tiffany d'une rage subite. Folle de jalousie, elle le fixa, le visage rouge et crispé.

— Tu n'avais pas besoin de dire ça !

— Si, répondit-il calmement. Tu veux jouer à la poupée. Moi pas.

Décontenancée, elle laissa retomber ses mains et le dévisagea sans rien dire. Jamais elle n'avait vécu pareille situation. King ne s'intéressait qu'à son corps, mais cela ne lui suffisait pas. Et elle n'avait rien d'autre à lui offrir.

Elle avait perdu la bataille.

C'était un sentiment nouveau. Elle avait toujours eu tout ce qu'elle voulait. Son père l'avait abominablement gâtée, mais il ne pouvait pas lui acheter l'amour. Et, malgré ses tentatives pour le séduire, elle ne pouvait y parvenir par elle-même, et se sentait frustrée par cet échec.

Et il en était conscient. Elle le lisait dans ses yeux pâles, dans le sourire légèrement arrogant sur sa bouche dure.

Elle aurait voulu hurler et taper du pied, mais une crise de nerfs n'aurait rien arrangé. Au prix d'un effort, ellc dénoua ses mains et le regarda, envahie de doutes qu'elle n'avait jamais ressentis auparavant.

— Peut-être ferai-je une nouvelle tentative quand j'aurai l'âge de Carla, dit-elle, en ébauchant un semblant de sourire.

Il hocha la tête d'un air admiratif.

— Tu réagis comme il le faut.

Tiffany n'avait que faire de sa gentillesse et de sa pitié. Elle enfonça les mains dans les poches de son jean.

— Inutile de quitter la ville pour moi, dit-elle. Lettie m'emmène à New York la semaine prochaine.

C'était un mensonge. Elle venait d'inventer ce voyage, mais Lettie se plierait aux désirs de sa filleule, et Tiffany avait les moyens d'aller où bon lui semblait. D'ailleurs, elle adorait New York.

King étrécit les yeux d'un air soupçonneux.

— Lettie est au courant ?

— Bien sûr, affirma-t-elle, résolue à jouer son rôle jusqu'au bout.

— Bien sûr.

Il prit une profonde inspiration et exhala lentement. Le désir faisait toujours rage en lui, mais il était hors de question qu'il permette à Tiffany de s'en rendre compte.

Mieux valait qu'elle sorte de sa vie.

— A un de ces jours, dit-elle d'un ton désinvolte.

Il acquiesça.

— Au revoir, Tiffany.

Et il s'en alla.

A la fin de l'automne, Tiffany défilait parmi d'autres mannequins à New York, portant la dernière création d'un certain David Marron, un jeune couturier dont les robes inspirées par le style espagnol suscitaient l'engouement du public mondain.

Lorsqu'ils s'étaient rencontrés, par l'intermédiaire d'une amie de Lettie, David avait été séduit par l'élégance naturelle de Tiffany et ses longs cheveux noirs. Il l'avait habillée d'une longue robe bordée de dentelle qui rappelait les nobles dames espagnoles des siècles passés, et elle avait fait sensation lors de la présentation de sa collection de printemps. Un magazine de mode avait montré sa photo en couverture. En l'espace de six mois, le visage de Tiffany, inconnu jusqu'alors, était devenu célèbre.

Lettie était ravie par ce succès. Elle avait profondément souffert de voir Tiffany dévorée par le chagrin lorsque cette dernière était venue la supplier de l'emmener loin du Texas. Aussi, Lettie n'avait pas hésité. Elle adorait sa filleule et avait organisé le voyage avec son efficacité et sa discrétion habituelles.

Elles partageaient un luxueux appartement de Park Avenue et fréquentaient tous les endroits à la mode. En quelques mois, Tiffany avait changé. Elle était indéniablement plus mûre, plus sophistiquée — et incroyablement plus réservée. En dépit de l'attention qu'on lui témoignait, elle se montrait d'une froideur glaciale avec les hommes. Apprendre à oublier King était une occupation à temps plein. Elle y travaillait toujours.

Au moment où elle allait céder à l'envie d'aller voir son père au Texas — malgré le risque d'y rencontrer King — une société de lingerie lui offrit un contrat lucratif assorti de deux semaines de vacances en Jamaïque pour y tourner des publicités.

— Je n'ai pas pu refuser, dit-elle à Lettie avec un soupir. Mais que va dire papa ? J'avais promis de l'aider à organiser sa réception de Noël.

— Tu as bien fait d'accepter, assura Lettie. A ton âge, mon petit, tu devrais t'amuser, rencontrer des gens, apprendre à voler de tes propres ailes.

Elle poussa à son tour un léger soupir.

— Le mariage et les enfants viendront plus tard, après que tu auras établi ta carrière.

Tiffany se tourna vers elle.

— Tu ne t'es jamais mariée.

Lettie eut un sourire empreint de tristesse.

— Non. J'ai perdu mon fiancé au Vietnam. Depuis, je n'ai jamais pu éprouver les mêmes sentiments pour quelqu'un d'autre.

— Lettie, c'est si triste !

— On finit par apprendre à vivre avec ce que l'on a, répondit Lettie. Je me suis occupée d'associations caritatives, et puis bien sûr, je t'ai eue, toi, pour filleule.

Elle étreignit Tiffany avec chaleur.

— Ma vie n'a pas été si affreuse.

— Un jour, il faudra que tu me parles de ton fiancé.

— Un jour, je le ferai. Pour l'instant, tu vas aller en Jamaïque et prendre du bon temps tout en travaillant.

— Tu vas venir avec moi ? demanda Tiffany, vaguement inquiète à l'idée de partir sans un visage familier.

Lettie lui tapota la main d'un geste rassurant.

— Bien sûr. J'adore la Jamaïque.

— Il faut que je téléphone à papa pour l'avertir.

— Bonne idée. Il s'est plaint l'autre jour que tu ne lui écrivais pas assez souvent.

— Je vais le faire tout de suite.

Tiffany s'empara du récepteur et composa le numéro du bureau de son père, tortillant nerveusement le fil entre ses doigts tandis qu'elle attendait.

— Bonjour, papa.

— Tiffany ? Ne me dis pas que tu as rencontré quelque prince en exil et que tu te maries à l'aube !

Elle éclata de rire.

— Pas tout à fait. Mais je viens de signer un contrat pour tourner des publicités pour une marque de lingerie, et nous prenons l'avion pour la Jamaïque demain.

Il y eut une étrange hésitation à l'autre bout du fil.

— Quand reviens-tu ?

— Dans deux semaines. Mais ensuite, j'ai des engagements jusqu'à Noël.

— Et ma réception ? fit-il d'un ton résigné. Je comptais sur toi pour l'organiser.

— Si tu la reportais au nouvel an ? improvisa-t-elle d'un ton amusé. J'aurai tout le temps de m'en occuper avant mon prochain engagement. D'ailleurs, je ne sais pas quand cela sera.

— Ma fille, top model..., murmura-t-il avec un soupir. Jamais je n'aurais dû te laisser monter dans cet avion avec Lettie. C'est sa faute. Je suis sûr qu'elle est derrière tout ça.

— Papa...

— Dis-lui qu'elle me paiera ça à son retour. Dis-le-lui !

— Tu sais bien que tu adores Lettie, gronda Tiffany, adressant un clin d'œil à sa marraine qui écoutait la conversation.

— Je vais lui tordre le cou !

Tiffany esquissa une grimace, pendant que Lettie, nullement impressionnée, éclatait de rire.

— Elle n'a pas l'air de prendre tes menaces au sérieux !

— Rira bien qui rira le dernier.

Son père hésita, puis s'adressa à quelqu'un d'autre.

— A propos, King me dit de te dire que tu lui manques.

Le cœur de Tiffany bondit dans sa poitrine, mais elle n'allait pas se laisser humilier de nouveau.

— Dis-lui que j'apprécie son sens de l'humour, gloussa-t-elle. Ecoute, papa, il faut que je te laisse. Je t'appellerai quand nous serons rentrés de la Jamaïque.

— Une minute ! Où vas-tu en Jamaïque ? Et Lettie part avec toi ?

— Bien sûr que oui ! Nous allons nous amuser comme des folles. Prends bien soin de toi, papa ! A bientôt !

Sur quoi elle raccrocha. Harrison Blair replaça le combiné et lança à King un coup d'œil consterné. Ce dernier arborait une expression étrange, que Harrison ne se souvenait pas de lui avoir déjà vue.

— Elle a signé un contrat, dit-il en jetant un

regard noir au téléphone, comme si tout était sa faute.

— Pour quoi ? demanda King.

— Des spots publicitaires pour une marque de lingerie, avoua Harrison d'un ton morose. Imagine ! Ma petite fille va se pavaner en chemise de nuit transparente devant les caméras !

— Pas question ! grogna King. Où est-elle ?

— Elle part en Jamaïque demain matin.

Il se dirigeait déjà vers la porte quand Harrison intervint.

— King, elle est majeure, dit-il doucement. C'est une femme adulte. Je n'ai pas le droit de lui dire comment vivre sa vie. Et toi non plus.

— Je ne veux pas que d'autres hommes la reluquent !

Harrison se contenta de hocher la tête d'un air compréhensif.

— Je sais. Moi non plus. Mais la décision lui appartient.

— Je ne la laisserai pas faire ! répéta King avec obstination.

— Et comment comptes-tu l'en empêcher ? Tu ne peux pas agir légalement. Et je ne crois pas que tu aies d'autre moyen.

— Vous lui avez dit qu'elle me manquait ?

Harrison hocha la tête de nouveau.

— Elle a dit qu'elle appréciait ton sens de l'humour.

King écarquilla les yeux, sous le choc. Jamais il ne lui était venu à l'idée qu'il puisse perdre Tiffany. Pour une étrange raison, il s'était imaginé qu'elle serait toujours là, qu'elle attendrait qu'il soit prêt à se marier. A présent, elle s'était envolée, et la situation s'était inversée. Elle avait découvert les plaisirs de la liberté et ne voulait plus se marier.

Il jeta un coup d'œil en direction de Harrison.

— Ce travail, c'est sérieux ? Ou est-ce un stratagème pour attirer mon attention ?

Harrison eut un léger rire.

— Je n'en ai pas la moindre idée. Mais tu dois admettre qu'elle est jolie. Il n'est guère étonnant qu'une agence de modèles se soit intéressée à elle.

King regarda par la fenêtre, songeur.

— En ce cas, il est possible qu'elle songe à faire carrière.

Harrison détourna les yeux.

— Cela l'aidera à mûrir. Je me suis sans doute montré trop protecteur envers elle. A présent, elle veut son indépendance. Elle est jeune, elle pense avoir le monde à ses pieds. Qu'elle en profite pendant qu'elle le peut.

King fixait la moquette.

— Oui. Le plus sage est sans doute de ne rien faire.

— C'est la seule solution possible, répondit Blair. Elle reviendra lorsqu'elle sera prête.

Tiffany passa deux semaines fantastiques en Jamaïque, mais s'aperçut vite que le métier de modèle n'était pas de tout repos. Il ne s'agissait pas seulement de sourire à la caméra. Il fallait constamment changer de tenue, attendre que le matériel et la lumière soient prêts, refaire la prise à la moindre anicroche ou rafale de vent inattendue, et supporter les caprices du caméraman.

Lettie observait de loin le déroulement des opérations, heureuse de voir Tiffany gaie et enthousiaste. Les jours s'écoulèrent à toute vitesse, et elles eurent à peine le temps de jouer les touristes.

— Quel manque de chance, grommela Tiffany en rentrant à New York. En gros, j'ai vu l'aéroport, l'hôtel et la plage ! Je ne m'étais pas rendu compte que chaque instant serait consacré au tournage ou au repos.

— Bienvenue dans le monde des tops, rétorqua Lettie amusée. Tiens, mon chou, mange un brin de céleri.

Tiffany esquissa une grimace, mais accepta les légumes sans protester.

Le soir, dans son lit, elle ne dormait pas, songeant à King. Elle ne l'avait pas cru lorsqu'il avait affirmé qu'elle lui manquait. Il n'avait besoin de personne…

Le lendemain matin, une énorme photo de King et de Carla s'étalait à la une d'un journal, accompagnée de la légende suivante : « Mariage en vue ? »

Tiffany fit mine de ne l'avoir pas remarquée, et poursuivit son chemin. Mais ce soir-là, elle pleura toute la nuit.

Minée par le chagrin, elle se jeta à corps perdu dans le travail. Au cours d'une séance de photos, elle fit la connaissance d'un certain Mark Allenby, un modèle qui venait de rompre avec sa petite amie après une longue relation, et qui avait besoin de réconfort. Il était incroyablement séduisant, et sensible, un compagnon idéal pour l'ego malmené de Tiffany.

Il était aussi extraordinairement impulsif.

Il était capable de l'inviter au dernier moment pour aller passer la soirée dans un bar rétro où avait lieu une lecture de poèmes épouvantables. Et il adorait les farces.

— Je comprends pourquoi tu es célibataire, fit Tiffany un jour qu'ils venaient de faire la course pour échapper à un photographe furieux. Et je doute que tu travailles de nouveau pour lui.

— Ne t'en fais pas ! gloussa-t-il. Ce n'est pas moi qui appelle les photographes, ce sont eux qui me supplient de travailler pour eux.

Sur quoi, il prit Tiffany par la main et l'entraîna dans l'entrée du métro tout proche.

— Tu as besoin de changer de coiffure, observa-t-il comme ils regagnaient son appartement.

Elle le regarda, surprise.

— Pourquoi ?

— Parce que tu as l'air d'une petite fille, dit-il simplement, en lui décochant un sourire. Si tu veux faire ton chemin dans ce métier, il faut que tu aies un style plus raffiné.

Tiffany esquissa une petite moue.

— Je ne suis pas sûre de vouloir continuer

dans cette voie. Le travail me plaît, mais je n'ai pas besoin d'argent.

— Mon chou, tout le monde a besoin d'argent !

— Pas vraiment. A quoi cela sert-il d'avoir de l'argent quand on ne peut pas acheter ce qu'on désire vraiment ?

Mark repoussa une mèche de cheveux noirs bouclés et l'enveloppa de son regard masculin.

— Que désires-tu donc que tu ne puisses avoir ?

— King.

— Le propriétaire terrien qui fait la une des tabloïds ? fit Mark avec une moue. Tu vises haut, ma chère. M. Marshall a toutes les femmes qu'il veut. Et si tu as quelque chose de plus sérieux en tête, n'y pense même pas. Son père lui a appris que le mariage était une folie. D'après la rumeur, sa mère a mis son mari sur la paille lorsqu'elle a divorcé, et c'est ce qui l'a poussé au suicide.

— Je sais, murmura Tiffany.

— Marshall a pris sa revanche, comme tu le sais sans doute ?

— Oui. Je sais qu'il a intenté un procès civil à sa mère, en l'accusant d'être responsable du suicide de son père. Et qu'il a gagné.

Elle frissonna au souvenir de ce jour-là, revoyant l'expression de King à la lecture du verdict, et celle de sa mère. Celle-ci avait perdu les deux tiers de ses biens, et le séduisant gigolo avec qui elle vivait. Il n'était guère étonnant que King ait une si piètre opinion des femmes et du mariage.

— Qu'est devenue Mme Marshall ? s'enquit Mark.

— Elle est décédée il y a quatre ans, après une overdose.

— Triste fin.

— En effet.

— Tu ne peux pas en vouloir à King de traiter les femmes avec légèreté, reprit Mark. J'imagine qu'il ne fait confiance à aucune d'entre elles.

Tiffany réprima une violente envie de hurler.

— Tu disais que je devrais changer de coiffure ? intervint-elle, voulant désespérément changer de sujet.

— Oui. Je vais t'emmener chez mon styliste. Il fera de toi une femme neuve. Ensuite, nous irons t'acheter une nouvelle garde-robe.

Les yeux clairs de Tiffany pétillèrent d'excitation.

— Je sens qu'on va bien s'amuser.

— Et comment, renchérit-il avec un sourire espiègle. Allons-y, mon chou.

Ils passèrent le reste de la journée à créer une nouvelle Tiffany. Lorsqu'il l'emmena ce soir-là dans une boîte de nuit à la mode, une des tops avec qui elle travaillait ne la reconnut même pas, ce qui était pour elle le plus beau des compliments.

Lettie en resta sans voix.

— C'est bien moi, murmura Tiffany amusée, tournoyant dans sa robe de soirée noire, des pendants en diamant accrochés à ses oreilles.

Ses cheveux étaient coupés très court, à la garçonne. Elle ne portait qu'un soupçon de maquillage, juste assez pour souligner ses pommettes hautes et l'ossature parfaite de son visage. Elle paraissait raffinée, élégante, et beaucoup plus âgée.

— Je suis sous le choc, avoua Lettie au bout d'une minute. Ma chérie, tu es tout le portrait de ta mère.

— Vraiment ?

Lettie acquiesça.

— Elle était si belle… Je l'enviais.

— J'aurais tant aimé la connaître, murmura Tiffany. Je n'ai que des photos et quelques vagues souvenirs des berceuses qu'elle me chantait le soir.

— Tu étais très jeune quand elle est morte. Harrison n'a jamais cessé de porter le deuil, ajouta Lettie, le regard soudain voilé.

Tiffany sourit doucement, émue par sa tristesse.

— Si tu sortais avec nous, ce soir ?

— Trois est un mauvais chiffre, ma chérie. Mark te voudra pour lui tout seul.

— Pas du tout, dit Tiffany gentiment. Il est encore peiné par sa rupture avec son amie, et moi je pense encore à King. Nous avons des peines de cœur et notre travail en commun, mais c'est à peu près tout. Mark est un ami — rien de plus.

— Tant mieux, sourit Lettie. Il est charmant, mais je ne crois pas qu'il soit l'homme qu'il te faut.

Tiffany s'observa dans la glace, et laissa échapper un léger soupir.

— Quant à King, il n'est pas du genre à se laisser impressionner par la beauté ou la sophistication. D'ailleurs, on parle déjà de son mariage avec Carla.

— J'ai remarqué. Tu n'en crois pas un mot, j'espère ?

— Ce que je crois, c'est qu'il n'épousera personne à moins d'y être forcé, répondit Tiffany honnêtement, le regard soudain las. A ses yeux, un mariage ne comporte que des désagréments.

— C'est dommage, acquiesça Lettie.

— Mais rien ne va changer cela, reprit Tiffany, se forçant à sourire à Lettie. Es-tu sûre que tu ne veux pas nous accompagner ?

— Tout à fait sûre. Une autre fois, peut-être.

Mark dégustait sa glace à la menthe d'un air morose.

— Qu'est-ce qui ne va pas ? murmura Tiffany.

Il lui lança un coup d'œil ironique.

— Mon ex a été vue en ville au bras d'un acteur de seconde zone. Elle a l'air amoureuse.

— Peut-être fait-elle la même chose que toi, observa Tiffany. Peut-être sort-elle avec quelqu'un d'autre pour apaiser la douleur.

Mark émit un petit rire.

— C'est ce que je fais ?

— C'est ce que nous faisons l'un et l'autre.

Il prit sa main dans la sienne.

— Je regrette de ne pas t'avoir rencontrée il y a trois ans, quand mon cœur était encore entier. Tu es une femme exceptionnelle, tu sais. C'est un plaisir d'être en ta compagnie.

— Le plaisir est mutuel, affirma Tiffany. Mais entre nous, il ne peut s'agir que d'amitié.

— Je le sais, que tu le croies ou non.

Il reposa sa cuiller.

— Que fais-tu pour les fêtes ?

— Je rentre au Texas, dit-elle. Il faut que j'organise une réception pour mon père au nouvel an.

Elle le regarda, les yeux brillants.

— J'ai une idée. Cela te dirait de visiter le Texas ?

Il arqua les sourcils d'un air inquiet.

— Il faudra que je monte à cheval ?

— Ce n'est pas obligatoire ! Nous vivons à Jacobsville, non loin de San Antonio. Mon père y a des affaires.

— Jacobsville, répéta-t-il. Pourquoi pas ? C'est très loin de Manhattan.

— Oui, et je ne peux pas supporter l'idée de rentrer toute seule.

— Puis-je savoir pourquoi ?

— Bien sûr. King vit là. Je t'ai parlé de lui. Je suis partie de chez moi pour l'oublier. Mais les souvenirs et les chagrins d'amour semblent être portatifs, ajouta-t-elle avec tristesse.

— Je pourrais te le confirmer.

Il leva vers elle des yeux noirs pétillants d'humour.

— Et quel rôle suis-je censé jouer ? Celui du concurrent ?

— Cela t'ennuierait ? Je serais heureuse de te rendre la pareille quand tu voudras. J'ai besoin de soutien moral.

L'espace d'un instant, il parut songeur, puis sourit.

— Tu sais, c'est peut-être la recette idéale pour venir à bout de nos chagrins d'amour. J'accepte, conclut-il en terminant son vin. Ce sera un nouveau rôle pour moi. Je vais affronter Kingman Marshall, mais qu'importe ! Je ne compte pas vivre pour toujours. Je suis à toi, mon cœur. Temporairement, tout au moins.

Elle leva son verre.

— A notre amour-propre.

Ils échangèrent un toast. Tiffany sirota lentement son cocktail, s'efforçant de ne pas imaginer la douleur qu'elle éprouverait en voyant King au bras de Carla.

Tout au moins aurait-elle de la compagnie.

King ne soupçonnerait jamais qu'elle avait le cœur brisé.

5.

Entre Noël et le jour de l'an, Tiffany et Mark partirent pour le Texas avec Lettie. Vêtu d'un complet sombre, Mark était l'élégance personnifiée. A l'aéroport, il attira nombre de regards féminins, et Tiffany s'amusa fort à observer la réaction qu'il suscitait.

Dans l'avion, Lettie lut des magazines pendant que Mark et Tiffany bavardaient, parlant de leurs cngagements et de leurs projets respectifs.

Le vol passa vite, et ils atterrirent à San Antonio à l'hcurc du déjeuner.

Ainsi que Tiffany l'avait espéré, son père était venu les chercher, et patientait près de la porte. Elle courut vers lui et ils s'étreignirent avec affection, après quoi Tiffany s'acquitta des présentations.

Harrison fronça les sourcils, mais se ressaisit rapidement, et serra la main du jeune homme.

Après avoir accueilli chaleureusement Lettie, il les guida vers la limousine garée près de l'entrée.

— Mark va séjourner quelques jours chez nous, papa, expliqua Tiffany. Nous travaillons pour la même agence à Manhattan, et nous avions justement les mêmes congés.

— Nous serons heureux d'avoir votre compagnie, Mark, fit Harrison avec un sourire que Tiffany jugea quelque peu forcé.

— Comment va King ? s'enquit Lettie.

Harrison jeta un regard furtif à Tiffany, hésitant légèrement.

— Il va bien.

Tiffany se demanda pourquoi son père se conduisait ainsi, mais fit mine de ne pas s'intéresser le moins du monde à King, ni aux sentiments de ce dernier.

— As-tu pu organiser la soirée sans problème ? s'enquit Harrison.

— Bien sûr, répondit-elle en souriant. Cela n'a guère été difficile. J'ai contacté les mêmes gens que d'habitude. Le traiteur, le fleuriste, l'orchestre, et je me suis même occupée des invitations.

— Tu en es sûre ? insista Harrison.

— Absolument sûre.

— Tu n'as pas oublié d'envoyer une invitation à King et à Carla ?

— Certainement pas ! La leur a été la première envoyée, assura-t-elle d'un ton léger. Crois-tu que j'aurais oublié ton associé ?

Harrison parut se détendre quelque peu, mais il était évident que quelque chose le tracassait.

— Quelque chose ne va pas ? s'étonna Tiffany.

— Il est absent, avoua-t-il à regret. Ou plutôt, ils sont absents tous les deux, et ne reviendront pas avant le milieu de la semaine prochaine. C'est ce que m'a dit l'un de ses employés, et je me demandais pourquoi il avait renoncé à la soirée. Il ne la manque jamais, d'habitude.

Tiffany demeura impassible, dissimulant son chagrin au prix d'un immense effort.

— Je suppose qu'il avait d'autres projets, et qu'il ne voulait pas les bouleverser, dit-elle, parvenant à esquisser un semblant de sourire.

— Peut-être…

Son père ne paraissait guère convaincu.

Devinant le désarroi de Tiffany, Mark prit sa main dans la sienne et la pressa avec affection. Le trajet se poursuivit en silence pendant un moment, après quoi Mark posa une question à Harrison concernant un monument qu'il avait remarqué sur la route, et ce dernier s'anima, évoquant un de ses sujets favoris. Lorsqu'ils arrivèrent au ranch, moins d'une heure plus tard, Mark en savait plus long sur le siège de Fort Alamo qu'il n'en avait jamais lu dans les livres.

Tiffany fut trop occupée pour tenir compagnie à Mark ce jour-là, si bien qu'il emprunta une voiture et partit à la découverte de la région. Il revint enthousiasmé, ayant glané toutes sortes d'anecdotes fascinantes.

D'un œil à la fois admiratif et amusé, il observa Tiffany qui supervisait les préparatifs de la soirée.

— Tu te débrouilles très bien, murmura-t-il. Où as-tu appris à faire cela ?

Elle parut surprise.

— Nulle part. C'est venu naturellement. J'adore les soirées.

— Moi pas, rétorqua-t-il. En général, j'ai l'impression de faire tapisserie.

Elle comprit à quoi il faisait allusion. Il ne lui avait pas fallu très longtemps pour se rendre compte que les réceptions mondaines étaient surtout l'occasion pour les couturiers de montrer leurs talents dans une ambiance détendue. Les clients fortunés y admiraient leurs créations, mais s'intéressaient parfois davantage aux modèles eux-mêmes qu'aux vêtements qu'ils portaient.

— Ce ne sera pas le cas ici, promit-elle en souriant. Que penses-tu de mes efforts ?

Elle désigna d'un geste la salle de bal au parquet étincelant, les longues tables parées de nappes blanches, les assiettes en porcelaine fine et les verres en cristal, les chandeliers, les bouquets de fleurs éclatantes. Le buffet serait servi là, et on danserait au son de l'orchestre.

— Très élégant, commenta Mark.

Tiffany hocha distraitement la tête, se souvenant d'autres soirées par le passé, où King lui avait souri et l'avait entraînée sur la piste. Elle n'avait pas souvent dansé avec lui, mais chacune de ces occasions était à jamais gravée dans sa mémoire.

Elle soupira. A quoi bon ressasser des souvenirs ? King ne voulait plus entendre parler d'elle. Son absence le prouvait.

Elle devait aller de l'avant, tenter de l'oublier.

— Je crois que ça ira, répondit-elle au bout d'un instant, en lui adressant un sourire. Viens, je vais te montrer comment j'ai décoré le reste de la maison.

*
* *

Arborant une robe de soirée à paillettes argentées, Tiffany avait fixé une épingle en diamant dans ses cheveux courts. Elle avait appris à marcher, à poser, et les gens qu'elle connaissait depuis toujours étaient stupéfaits par son nouveau look.

A ses côtés, éblouissant dans un smoking sombre, Mark faisait sensation. Ses yeux noirs, son teint hâlé et ses cheveux de jais soulignaient ses origines italiennes. Une jeune connaissance de Tiffany, une jolie rousse appelée Lisa, semblait totalement captivée par lui. Debout dans un coin, toute seule, elle ne le quittait pas des yeux.

— Devrais-je prendre pitié d'elle et vous présenter ? demanda Tiffany à Mark d'un ton taquin.

Il jeta un coup d'œil vers la jeune fille, qui rougit jusqu'à la racine de ses cheveux. Quelques secondes plus tard, elle s'enfuit, et alla se réfugier près de ses parents. Mark eut un léger rire.

— Elle est très jeune. C'est une de tes amies ?

Tiffany secoua la tête.

— Ses parents sont des amis de mon père. Lisa est plutôt sauvage. Elle passe le plus clair de son temps à s'occuper des chevaux. Son père est éleveur.

— Je vois. Elle n'a pas de petit ami ?

— Elle est timide avec les hommes.

Arquant les sourcils, il se retourna vers la jeune fille. Cette fois, il captura son regard, d'un bleu intense. Lisa renversa son verre sur sa robe et rougit de plus belle tandis que sa mère s'empressait d'essuyer la tache avec un mouchoir.

— Oh, tu n'as pas honte ? gronda Tiffany.

— Il devrait être interdit d'avoir des yeux pareils, murmura-t-il, sans cesser de fixer Lisa.

Prenant Tiffany par le bras, il l'entraîna vers le petit groupe.

— Présente-moi.

— Ne…

— Je ne suis pas un coureur, dit-il d'un ton apaisant. Elle m'intrigue, c'est tout. Je ne vais pas profiter d'elle. Je te le promets.

Il sourit, mais son expression était solennelle.

— Très bien.

Tiffany s'arrêta devant Mme McKinley.

— La robe ne va pas être tachée, j'espère ? demanda-t-elle gentiment.

— Oh, je ne crois pas, répondit celle-ci en

souriant. C'étaient surtout des glaçons. Lisa, tu te souviens de Tiffany, n'est-ce pas ?

Lisa leva les yeux, visiblement nerveuse, son regard allant de Mark à Tiffany.

— Bonsoir, Tiffany.

— Comment vas-tu, Lisa ? répondit Tiffany avec un sourire sincère. Tu connais Mark Allenby ? Il travaille dans la même agence que moi à New York. Tu l'as peut-être vu dans un spot publicitaire à la télévision ? Celui avec la marionnette ?

— C'était vous ? s'étrangla Lisa. Je pensais bien que… votre visage ne m'était pas inconnu, monsieur Allenby.

Il sourit nonchalamment.

— Je suis heureux que vous vous souveniez de moi, mademoiselle McKinley. Désirez-vous danser ?

Lisa parut sur le point de défaillir.

— Euh… oui, je…

Il tendit une main vers elle.

— Excusez-moi, voulez-vous ? dit-il à Tiffany et aux parents de Lisa.

Lisa glissa sa main dans la sienne et se laissa guider vers la piste, les yeux rêveurs. Quant à Mark, il semblait fasciné, sous le charme.

— Il danse très bien, commenta Mme McKinley.

— Ne vous inquiétez pas, dit Tiffany d'un ton rassurant. Il vient de rompre avec son amie et il n'est pas à la recherche d'une aventure.

— Tant mieux, reprit Mrs McKinley avec un sourire. Lisa est si inexpérimentée…

La jeune fille avait été élevée par des parents excessivement protecteurs, tout comme elle, songea Tiffany avec une pointe de tristesse. Une telle éducation présentait sa part d'inconvénients…

Baissant les yeux sur sa coupe de champagne, elle se demanda pourquoi King avait décliné son invitation. Peut-être voulait-il lui montrer clairement qu'il se passait très bien d'elle. Si tel était le cas, il avait fort bien réussi.

Elle trouva la soirée interminable, contrairement à Mark, qui parut y prendre un grand plaisir. Il ne quitta pas Lisa d'une semelle. Quand ses parents se préparèrent à prendre congé, il garda sa main dans la sienne comme s'il ne pouvait supporter l'idée de la laisser partir.

La mine grave, ils échangèrent quelques mots à voix basse. Lorsqu'ils s'en allèrent, les yeux de Lisa brillaient, tandis que Mme McKinley semblait légèrement inquiète.

— Je vais chez eux demain voir leurs chevaux, annonça-t-il à Tiffany en venant la retrouver. Ça ne t'ennuie pas ?

Elle le dévisagea avec curiosité.

— Elle est très jeune, tu sais.

— Et innocente, ajouta-t-il en enfonçant les mains dans ses poches. Tu n'as pas besoin de me le dire. C'est le genre de fille que j'aurais pu rencontrer en Italie, si mes parents n'avaient pas immigré.

— Je croyais que tu pensais encore à ton amie ? fit Tiffany stupéfaite.

Il sourit vaguement.

— Moi aussi.

Il tourna la tête vers la porte d'entrée.

— Elle est fragile, continua-t-il doucement. Vulnérable, douce, et timide.

Il haussa les épaules.

— Bizarre. Je n'ai jamais aimé les rousses avant.

Tiffany se mordit la lèvre, ne sachant comment formuler ses pensées. Lisa était le genre de jeune fille qui ne se remettrait jamais si on lui donnait de faux espoirs et qu'on les détruisait ensuite. En avait-il conscience ?

— Elle danse comme une fée, murmura-t-il en s'éloignant, visiblement à peine conscient des gens qui l'entouraient.

Harrison rejoignit sa fille à la porte alors que les derniers invités s'en allaient.

— Ton ami semble distrait, observa-t-il en regardant Mark, qui fixait une fenêtre obscure.

— Lisa l'a troublé.

— Tout le monde l'a remarqué. C'est un coureur.

Tiffany secoua la tête.

— Tu te trompes, papa. Mark travaille dur, il a le sens de la famille et des responsabilités. C'est tout sauf un coureur.

— Je pensais que tu avais dit qu'il avait une amie…

— Qui l'a laissé tomber pour un homme plus fortuné, acheva Tiffany. Il a été très blessé. C'est pourquoi il est venu avec moi. Il ne pouvait pas supporter de la voir en ville avec sa nouvelle conquête.

L'attitude de Harrison changea du tout au tout.

— Le pauvre…

— Il ne fera pas souffrir Lisa, assura Tiffany, priant pour ne pas se tromper.

A vrai dire, elle pressentait des problèmes, sans pour autant savoir comment les empêcher.

— Tu as beaucoup mûri, observa son père, avant de détourner les yeux. Dommage que King ne soit pas revenu à temps pour la soirée.

Elle se raidit.

— Je ne m'attendais pas à le voir, et il ne m'a pas manqué.

Il ouvrit la bouche pour répondre, puis se ravisa et sourit.

— Allons prendre un dernier verre avec ton ami.

Tiffany lui prit le bras en souriant.

— Voilà une excellente idée.

Le lendemain, Mark emprunta de nouveau la berline de Harrison afin de rendre visite aux McKinley. Vêtu d'un pantalon en toile et d'un pull blanc à col roulé, il était à la fois élégant et sophistiqué.

Debout sous la véranda, Tiffany lui adressait un signe d'adieu lorsqu'une voiture apparut dans l'allée. Une Lincoln noire.

Elle réprima la tentation de prendre la fuite, avant de songer qu'elle n'avait plus à fuir King. Il ne pouvait plus l'atteindre, à présent. Elle croisa les bras sur le chemisier en soie rouge qu'elle portait par-dessus son pantalon noir, et s'adossa nonchalamment à l'un des piliers pour l'attendre, surprise qu'il n'ait pas amené Carla.

King monta les marches deux par deux. Il portait un smoking foncé, comme s'il venait de quitter une réception. A moins qu'il n'ait porté cette tenue la veille au soir, et qu'il n'ait pas de vêtements de rechange chez Carla…

— Eh bien, qu'est-ce qui t'amène ici ? lança-t-elle d'un ton tranquille.

King marqua une pause sur la dernière marche, et la dévisagea. Le changement était phénoménal. Elle n'était plus la jeune fille qu'il avait quittée quelques mois plus tôt. Elle semblait sûre d'elle, élégante, légèrement cynique. Son regard avait perdu son innocence, et il n'y lisait nulle trace de bienvenue ou d'admiration. Elle arborait un sourire moqueur.

— Je suis venu voir Harrison, dit-il d'un ton bref.

Elle lui indiqua la porte d'un geste indifférent.

— Je t'en prie. Je disais juste au revoir à Mark.

Il se raidit brusquement.

— Mark ?

— Mark Allenby. Nous travaillons ensemble. Il est venu passer les vacances avec moi, dit-elle en le regardant froidement. Tu l'as sans doute vu dans des publicités à la télévision. Il est incroyablement séduisant...

Sans dire un mot, il la dépassa et s'engouffra dans la maison.

Tiffany le suivit quelques instants plus tard, et se dirigea vers l'escalier. Alors qu'elle passait devant le cabinet de travail de son père, la voix de ce dernier s'éleva.

— Tiffany ! Tu veux venir ici une minute, mon chou ?

Elle entra dans la pièce sans prêter attention à King, comme si sa présence lui était totalement indifférente.

— Oui ?

— King a besoin de certains papiers qui se trouvent dans le coffre-fort de mon bureau en ville, et j'ai promis à Lettie de l'emmener à Floresville voir sa sœur. Pourrais-tu... ?

Elle connaissait par cœur la combinaison

du coffre, que son père lui avait confiée deux ans auparavant. Néanmoins, soupçonnant un complot, elle hésita. King s'en aperçut, et son visage se ferma.

— Tu n'as rien de pressant à faire, n'est-ce pas ? insista Harrison. Puisque Mark est sorti ?

Elle capitula.

— Je suppose que non. Je vais prendre ma veste.

— Merci, mon chou.

Elle répondit par un haussement d'épaules, sans même accorder un regard à King.

Le trajet fut bref jusqu'en ville. Il était curieux que King n'ait pas la combinaison du coffre de Harrison, songea Tiffany. Après tout, ils étaient associés.

— Il ne te fait pas confiance ? demanda-t-elle comme ils pénétraient dans les locaux plongés dans la pénombre.

— Si, répondit-il. Mais au cas où tu te poserais la question, il n'a pas non plus la combinaison de mon coffre. Seuls nos avocats respectifs les connaissent. C'est une sorte de sécurité.

Il appuya sur l'interrupteur et referma la porte

derrière eux. Les bureaux étaient déserts. Tiffany était seule avec King. Elle avait beau connaître la nature de ses relations avec Carla, sa proximité la troublait malgré elle. Le temps écoulé n'était pas encore parvenu à lui faire oublier le plaisir qu'elle avait connu entre ses bras.

S'efforçant d'ignorer sa nervosité, elle se dirigea droit vers le coffre-fort, et l'ouvrit.

— Que désires-tu ?

— Une enveloppe en papier Kraft sur laquelle figure le titre *Propositions pour site Internet*.

Elle fouilla parmi les documents et trouva ce qu'il cherchait. Après avoir refermé le coffre-fort, elle replaça le tableau qui le dissimulait et tendit l'enveloppe à King.

— C'est tout ce qu'il te fallait ? dit-elle en se tournant vers la porte.

— Pas tout à fait.

Elle hésita, l'interrogeant du regard.

Il ne souriait pas. Ses yeux étaient méfiants, perçants. Il n'esquissa pas un geste vers elle. Il se contenta de la fixer, et elle sentit s'accélérer les battements de son cœur.

Elle redressa le menton.

— Oui ?

— C'était délibéré ?

Elle cilla.

— Délibéré ? De quoi parles-tu ?

— De ne pas nous avoir invités au réveillon du jour de l'an.

Une tension palpable régnait dans l'air. Elle fronça les sourcils.

— Carla et toi étiez invités, dit-elle. J'ai envoyé un fax avec la liste des invitations directement à l'imprimeur. Vos noms étaient les premiers sur la liste. Quand les cartons ont été prêts, l'imprimeur les a fait parvenir à la secrétaire de mon père, Rita. Carla la connaît. Je suis sûre qu'elle savait que vous étiez invités.

Il étrécit les yeux.

— Elle m'a dit qu'elle avait vérifié la liste. Nos noms n'y figuraient pas.

— Alors, l'une de nous deux ment, observa Tiffany à voix basse.

— Je devine qui, grogna-t-il.

— Tu penses que c'est moi ? Pourquoi ?

Il haussa les épaules.

— Par dépit ? fit-il avec un sourire ironique.

Le visage de Tiffany demeura impassible, ne trahissant aucune des émotions qu'elle ressentait. Elle mit une main dans sa poche et arqua un sourcil.

— En réalité, tu m'as rendu service, dit-elle. Tu n'as pas à t'inquiéter, je ne suis plus une menace pour toi. Mark et moi sommes considérés comme un couple, désormais. Nous travaillons dans la même agence. Et nous nous voyons souvent, pas seulement pour travailler.

Le regard de King s'attarda sur elle.

— Tu as changé…

Elle haussa les épaules.

— J'ai grandi, c'est tout, dit-elle avec un sourire froid. On me dit que j'ai un brillant avenir devant moi. Il paraît que je suis photogénique.

Une lueur jaillit dans les yeux de King, mais il se détourna aussitôt.

— Je pensais que tu partais en vacances, et non chercher du travail.

— Je n'avais guère le choix, rétorqua-t-elle en se dirigeant vers la porte. Il n'y avait rien pour moi ici.

Il serra le poing et ouvrit la bouche pour répondre, mais elle était déjà sortie dans le hall.

Il la suivit, et fut surpris de la trouver assise devant l'ordinateur de Rita. Elle ne mit guère longtemps à trouver le dossier contenant la liste d'invitations. Bien sûr, ni le nom de King ni celui de Carla n'y figuraient.

— Je te l'avais bien dit ! grogna-t-il.

— Attends une seconde…

Une des collègues de Tiffany à l'agence était un génie en informatique, et lui avait donné quelques cours.

Elle lança une recherche. Une minute plus tard, elle avait trouvé le dossier effacé et l'affichait à l'écran. Là, en haut de la liste, se trouvaient les noms de King et de Carla.

King fronça les sourcils.

— Que s'est-il passé ?

— Ce dossier a été délibérément effacé et remplacé. Je suis sûre que le fax a dû être changé aussi.

Elle sauvegarda le document, éteignit l'ordinateur et se leva, enveloppant King d'un regard glacial.

— Tu pourras dire de ma part à Carla qu'elle a encore quelques progrès à faire.

Après avoir ramassé son sac, elle sortit du bureau, King sur les talons.

— Pourquoi crois-tu que c'est elle qui a modifié la liste ? demanda-t-il sur le chemin du retour.

— C'est une femme qui a de l'ambition. Cependant, elle devrait comprendre que je représente une menace pour elle, répondit-elle fermement : j'ai une vie à New York que j'apprends à aimer, et un compagnon qui m'apprécie. Tu peux le lui dire, avant qu'elle ne trouve d'autres idées pour me nuire.

Il ne répondit pas, mais ses mains se crispèrent sur le volant.

Tiffany descendit de la voiture avant qu'il ait eu le temps de défaire sa ceinture.

La maison était vide, elle le savait. Harrison était parti avec Lettie, et elle était certaine que Mark se trouvait encore chez les McKinley. Elle ne voulait pas que King entre.

Elle marqua une pause sur la première marche.

— Je dirai à papa que tu as eu l'information que tu désirais.

Il la regarda droit dans les yeux.

— Il t'attend ? demanda-t-il froidement.

— Cela ne te regarde pas, dit-elle d'un ton solennel. Comme tu me l'as dit un jour, je voulais jouer à la poupée et toi, non. J'ai le plaisir de t'informer que je ne veux plus jouer avec toi. A quoi que ce soit. Au revoir.

Elle gagna la porte, l'ouvrit, entra, et se hâta de tirer le verrou. S'il l'avait entendu, tant mieux. Elle ne voulait plus jamais qu'il soit si près d'elle. Plus jamais !

6.

Tiffany monta au premier étage, tremblante de rage. Seule Carla pouvait avoir changé la liste des invités ! Elle était déterminée à conquérir King, et elle s'imaginait que Tiffany lui faisait concurrence. C'était amusant, en un sens. Carla ne savait-elle pas que King ne s'intéressait pas le moins du monde à elle ?

Une fois dans sa chambre, elle ouvrit son placard. Le lendemain, elle rentrerait à New York avec Mark, après quoi elle recommencerait à travailler. Les semaines à venir promettaient d'être occupées, avec la préparation des collections de printemps, et Tiffany ne doutait pas d'obtenir un nouveau contrat. Elle était jeune, photogénique, et son agent lui avait prédit une belle carrière. Certes, ce n'était pas une perspective aussi enivrante qu'une vie avec King, mais elle devrait s'en contenter. Elle allait devoir s'habituer à la solitude…

— Tu fais déjà tes bagages ?

Stupéfaite, elle tressaillit et fit volte-face : King était négligemment adossé au chambranle de la porte.

— Comment es-tu entré ?

— Kitty fait le ménage dans la cuisine. Elle m'a ouvert.

Il s'avança vers Tiffany, une étrange lueur dans ses yeux bleu pâle.

— Cela ne te ressemble pas de prendre la fuite. Tu n'as jamais fait cela dans le passé.

— Peut-être que je suis lasse de lutter, répondit-elle d'une voix étranglée.

— Peut-être que moi aussi, murmura King.

Il la fit reculer contre le lit, puis la poussa doucement en arrière. Elle tomba sur le matelas, et le corps mince et musclé de King épousa son mouvement. Il prit appui sur ses coudes et la fixa. Il était si proche d'elle que Tiffany pouvait à peine respirer.

— Je… j'attends Mark, balbutia-t-elle.

— Vraiment ? D'après Kitty, il est chez Lisa McKinley, et plutôt mordu, à en juger par son comportement d'hier soir.

Il posa une main sur le sein de Tiffany, et

sourit en sentant la pointe durcir au contact de son pouce.

— Certaines choses n'ont pas changé.

— Je ne vois pas de quoi… oh…

La bouche de King s'était refermée sur son sein, et Tiffany s'arqua brusquement sur le lit. A travers le tissu, la caresse déclencha en elle un frisson de plaisir. Elle serra les poings et ferma les yeux, s'abandonnant sans la moindre résistance.

Il glissa les mains sous ses vêtements, dégrafa le soutien-gorge, et ses doigts trouvèrent les globes lisses.

— Tes seins sont doux comme de la soie, murmura-t-il en relevant la tête.

Il la caressait tout en parlant. Il vit ses pupilles se dilater, entendit ses petits soupirs saccadés tandis qu'il taquinait de ses pouces les mamelons durcis.

Soudain, il se redressa, l'entraînant avec lui, et se mit à la déshabiller.

— King… tu ne peux pas…

— Je veux te goûter, dit-il à voix basse, soudant son regard au sien tout en achevant de lui retirer son chemisier.

Ses paroles attisèrent les flammes qui la dévoraient déjà. Elle se tut, haletante, tandis qu'il jetait chemisier et soutien-gorge sur le sol. Puis, les mains sur sa taille, il l'attira vers lui…

Elle perdit toute conscience du passé, du présent, ne sentant que la bouche dure de King sur son corps. Un sanglot lui échappa, et une vague de plaisir la submergea.

Installée sur ses genoux, elle se laissa aller contre lui, la tête au creux de son bras, tandis qu'il embrassait ses seins. Jamais elle n'avait connu de sensation aussi délicieuse. Il y avait si longtemps qu'il ne l'avait pas tenue ainsi…

Elle se sentait revivre.

— Ne pleure pas, mon cœur, chuchota-t-il comme elle recommençait à sangloter. Ne pleure pas.

— King… !

Sa voix s'éteignit. Elle semblait aussi fiévreuse que lui, le cœur cognant dans sa poitrine.

— Ma chérie…

Il la déposa sur le lit et s'allongea à côté d'elle, le visage grave, les yeux sombres. Ses lèvres capturèrent les siennes tandis qu'il laissait descendre ses mains sur le corps de Tiffany.

Elle gémit, des larmes de frustration lui piquant les yeux, le désir de plus en plus insupportable.

— C'est peut-être trop tôt, Tiffany, murmura-t-il en la pressant contre lui, mais je vais te donner ce que tu veux.

Il posa la main au cœur de sa féminité. Elle se raidit, mais il continua et déposa un baiser sur ses paupières closes, puis sur ses lèvres, étouffant ses protestations.

Son corps brûlait de désir, exigeant satisfaction. Les yeux fermés, elle s'arqua entre les bras de King, tour à tour murmurant et suppliant, toute fierté oubliée, en proie à une folie qu'elle n'avait jamais éprouvée auparavant.

Brusquement, elle ouvrit les yeux, la chair traversée par un éclair de plaisir. Choquée, elle regarda King, et sentit une onde d'extase déferler en elle, des sensations d'une intensité inouïe, à laquelle ses lectures ne l'avaient pas préparée.

Elle ne put retenir quelques larmes, à la fois embarrassée et choquée par cet ouragan de passion. Elle enfouit le visage contre le torse de King, frémissant encore.

Il la tint serrée entre ses bras.

— Je suis allé trop loin, murmura-t-il. Je voulais seulement t'embrasser. Ne pleure pas. Il n'y a pas de raison d'être triste.

— Personne n'a jamais…

Sa voix s'étrangla.

Il pressa un pouce sur ses lèvres gonflées.

— Je sais, dit-il avant de sécher lentement ses larmes par des baisers. Et ce n'est que le début. Tu ne peux pas imaginer ce qu'on ressent…

Prenant sa main, il la guida jusqu'à sa virilité, la bougeant délicatement contre lui.

— J'ai envie de toi…

Elle appuya les lèvres contre son cou.

— Je sais. Moi aussi, j'ai envie de toi.

Il lui mordilla tendrement le lobe de l'oreille, la voix soudain rauque.

— Tiffany, ton père est mon associé. Nous ne pouvons pas avoir une liaison sans qu'il l'apprenne et il ne s'en remettrait pas. Il est d'une autre époque, tu sais…

— Je sais, murmura-t-elle avec une moue. Je suppose que je suis comme lui.

Il leva la tête, baissant les yeux sur la main de Tiffany toujours posée sur lui. Il lui sourit tendrement, savourant le plaisir de sa caresse, pressant sa main davantage tandis qu'il plongeait ses yeux dans les siens.

— Je suis affamé, murmura-t-il.

Elle déglutit, rassemblant son courage.

— Je pourrais…

Il poussa un léger soupir.

— Non, dit-il en capturant sa main dans la sienne, l'éloignant de son corps. A ma manière, je suppose que je suis plutôt démodé, moi aussi.

Il esquissa une grimace.

— Je suppose que tu ferais mieux de venir en ville avec moi demain choisir une bague.

Elle écarquilla les yeux.

— Comment ?

— Une bague de fiançailles et une alliance, reprit-il.

— Mais tu ne veux pas te marier ! Tu me l'as dit.

Il baissa la tête, puis la releva de nouveau, fixant son visage empourpré.

— Plusieurs mois ont passé, dit-il. Je ne suis pas un homme à qui l'abstinence vient naturellement. J'ai besoin d'une femme, tu sais.

— Je pensais que tu couchais avec Carla, accusa Tiffany.

Il poussa un long soupir.

— A vrai dire, c'est un des problèmes auxquels je suis confronté depuis que tu es partie. Elle ne semble pas pouvoir… retenir mon intérêt.

Elle écarquilla les yeux.

— Oh. Je croyais que n'importe quelle femme pouvait exciter un homme.

— Tu as peut-être lu trop de romans, ironisa-t-il. Mon corps n'est pas d'accord avec cette théorie. Il ne désire que toi. Violemment.

De nouveau, elle frissonna de plaisir, et esquissa une moue.

— Qu'y a-t-il ?

— Je me sens coupable, dit-elle gênée.

— Je vais aller prendre une douche froide, répondit-il d'un ton amusé. Il n'y a pas de quoi s'inquiéter.

Elle se rallongea sur le lit, le regardant contempler sa nudité d'un regard possessif. Jamais elle n'avait été aussi sûre de lui qu'à cet instant.

— Tu peux me faire l'amour, si tu veux, murmura-t-elle avec un sourire mutin. Je te laisserai faire.

Etonnamment, une légère rougeur monta aux joues de King.

— Avec Kitty dans la cuisine ? Elle sait que je suis ici, répondit-il d'un ton moqueur en consultant sa montre. Je dirais que nous avons à peu près deux minutes devant nous.

— Que veux-tu dire ?

— Que tu vas recevoir un coup de téléphone, et que le mystérieux interlocuteur aura raccroché à l'instant où nous répondrons.

— Tu plaisantes ?

— Pas du tout.

Il se leva et rajusta sa cravate, baissant les yeux sur elle.

— J'ai envie de m'enfouir en toi, gémit-il.

— King !

Malgré elle, les yeux de Tiffany se posèrent sur la partie de son anatomie à laquelle il faisait allusion, et elle rougit de plus belle. Se jetant à bas du lit, elle commença à se rhabiller à la hâte.

King se mit à rire.

— Tu es moins fière, maintenant, murmura-t-il. Quelle surprise tu vas avoir le soir de notre mariage !

Elle acheva de boutonner son chemisier et le toisa d'un regard ironique.

— Tu es un vrai goujat…

— Et tu seras heureuse aussi, lui lança-t-il avec assurance. Je te le promets.

Elle s'approcha de lui, les yeux pleins d'appréhension.

— Ça ne va pas me faire mal ?

Il hésita.

— Je ne sais pas, dit-il enfin. Je serai aussi doux que possible.

— Je sais.

Elle fouilla son regard, envahie par une tristesse qu'elle ne parvenait pas à refouler.

— Nous nous marions seulement parce que tu me désires, n'est-ce pas ?

Il fronça les sourcils.

— Le sexe est la base de tout bon mariage. Toi et moi sommes extrêmement compatibles de ce point de vue.

Avant qu'elle ait pu insister, on frappa légèrement à la porte.

— Oui, qu'y a-t-il, Kitty ? demanda Tiffany distraitement.

— Euh… On demande M. Marshall au téléphone, répondit la bonne d'une voix nerveuse.

— Je descends tout de suite, Kitty. Merci, lança King en jetant un coup d'œil éloquent en direction de Tiffany.

— De rien !

Les pas de la jeune femme s'éloignèrent.

— C'est ton père qui lui a dit de faire cela, observa-t-il.

— Il voulait me protéger.

— Je sais.

Elle lui adressa une moue taquine.

— J'ai été préservée pour toi.

— J'en vaux la peine, promit-il, une lueur sombre dans ses yeux.

— Oh, je le sais.

Elle alla ouvrir la porte, repoussant ses cheveux en désordre.

— Veux-tu venir dîner ce soir ?

— Ton séduisant ami sera-t-il ici ?

— Je n'en suis pas sûre. Il a beaucoup plu à Lisa, et vice versa.

Il sourit.

— J'étais fou de jalousie en arrivant ici. J'aurais pu danser de joie quand Kitty m'a arrêté pour me parler de ton invité et de Lisa.

— Tu étais jaloux ?

Il arqua un sourcil, son regard se promenant sur elle à la manière d'une caresse.

— Nous savons tous les deux que tu m'appartiens, dit-il tranquillement. J'ai gardé mes distances presque trop longtemps, mais je suis revenu à la raison juste à temps.

— J'espère que tu ne le regretteras pas.

— Moi aussi, dit-il sans réfléchir, l'air soudain perturbé.

— J'essaierai de te rendre heureux, murmura-t-elle d'un ton qu'elle espérait aguichant.

— Tant mieux, sourit-il.

Elle ouvrit la porte et il la suivit dans le couloir.

Du jour au lendemain, la vie de Tiffany fut bouleversée. En compagnie de King, elle se rendit chez l'un des meilleurs joailliers de San Antonio. Ils passèrent une demi-heure à regarder des bagues avant qu'elle choisisse une alliance de style ancien, en or blanc et jaune, sur laquelle étaient gravées des roses.

King hésita.

— Tu ne préfères pas un diamant ?

— Non.

Elle ne savait pas pourquoi, mais elle disait vrai. Le vendeur lui fit essayer la bague, qui lui allait parfaitement.

King prit sa main dans la sienne et la contempla. Le style désuet du bijou le mettait vaguement mal à l'aise. On aurait dit un bijou de famille, transmis de génération en génération. Lorsque son regard rencontra celui de Tiffany, il ne put dissimuler les doutes qui l'habitaient. Il avait été plus ou moins contraint de la demander en mariage, mais il n'avait pas songé à leur vie ensemble après la lune de miel.

Et si Tiffany se projetait dans un avenir à deux, alors que lui ne songeait qu'à assouvir son désir ?

— Elle ne te plaît pas ? demanda-t-elle d'un ton inquiet.

— Elle est ravissante, répondit-il avec un sourire déterminé. Elle me plaît beaucoup.

Elle soupira, soulagée.

— Et toi, tu ne veux pas en choisir une ? reprit-elle.

— Non, dit-il aussitôt.

Il baissa les yeux sur elle.

— Je n'aime pas beaucoup les bagues. Et puis je suis allergique à l'or, mentit-il, réfléchissant à toute allure.

— Oh…

Elle parut un peu rassérénée. Cela lui avait fait mal de penser qu'il ne voulait pas porter de symbole visible de leur union.

Très vite, ils furent absorbés par les préparatifs. King ne désirait pas un mariage en grande pompe, et Tiffany non plus. Ils décidèrent d'organiser une petite cérémonie toute simple à l'église locale, entourés de leur famille et de leurs amis.

Le seul regret de Tiffany était de ne pas porter la robe de mariée dont elle avait rêvé. Une robe somptueuse aurait paru déplacée lors d'une telle cérémonie. A la place, elle opta pour un élégant tailleur blanc, agrémenté d'un joli chapeau et d'une voilette.

A mesure que la date de l'événement approchait, King devenait de plus en plus distant, voire irritable. Il était constamment en déplacement pour affaires, ou occupé à travailler tard au bureau, ce qui inquiétait Tiffany. Elle redoutait que cette situation ne devienne la norme durant leur mariage. Certes, elle comprenait que son travail était important à ses yeux, mais elle voulait aussi jouer un rôle dans sa vie...

La veille de la cérémonie, King dîna avec Tiffany et son père. Il se montra si lointain qu'Harrison lui-même ne put s'empêcher de le remarquer.

— Tu n'as pas changé d'avis ? plaisanta-t-il d'un ton légèrement tendu.

Une expression fugitive, indéchiffrable, traversa le visage de King.

— Bien sûr que non, répondit-il d'un ton bref. J'ai été très pris ces temps derniers, c'est tout.

Un verre à la main, Tiffany interrompit son geste et le regarda avec attention. Elle n'avait pas vraiment remarqué auparavant à quel point il semblait crispé, mal à l'aise. Jamais il n'avait parlé de se marier. Au contraire, il avait toujours affirmé qu'il se méfiait du mariage. Il avait eu des liaisons, mais jamais il ne s'était permis d'éprouver des sentiments sérieux envers une femme.

— Ne lâche pas ton verre, murmura-t-il, notant son désarroi.

Elle le posa sur la table.

— King, tu veux vraiment m'épouser, n'est-ce pas ? demanda-t-elle brusquement.

Leurs yeux se rencontrèrent par-dessus la table. Ceux de King étaient inexpressifs.

— Je ne te l'aurais pas demandé si je n'en avais pas l'intention, répondit-il.

La formulation parut étrange à Tiffany. Elle hésita pendant quelques secondes, traçant des motifs du bout des doigts sur son verre.

— Je pourrais continuer à travailler pendant quelque temps, suggéra-t-elle, et nous pourrions reporter le mariage.

— Nous nous marions après-demain, lui rappela-t-il. J'ai déjà les billets pour notre lune de miel en Jamaïque. Nous devons prendre l'avion dimanche pour Montego Bay.

— Tout peut encore être changé.

Il eut un rire sans joie.

— Qui a changé d'avis, à présent ?

— Pas moi, mentit-elle.

Elle sourit et vida son verre, mais un nœud s'était formé au creux de son estomac. Jamais elle n'avait été moins sûre de ses propres espoirs, de ses propres rêves. Elle désirait King, et il la désirait. Mais ce n'était qu'un besoin physique. L'avait-elle acculé au mariage, et allait-il maintenant faire contre mauvaise fortune bon cœur ? Et s'il se lassait d'elle avant même que leur lune de miel soit terminée ?

Au prix d'un effort, elle refoula ces moroses pensées. Il était absurde d'avoir si peu confiance en ses propres capacités. Elle l'avait séduit le soir de ses vingt et un ans, avec un tel succès qu'il avait coupé court à son voyage d'affaires, brûlant de la revoir. Si elle avait pu le conquérir une fois, elle y parviendrait de nouveau. Elle le rendrait heureux. Elle s'adapterait à son univers. Après tout, cet univers était aussi le sien.

Quant à Carla, et aux complications qu'elle risquait de causer, Tiffany s'en soucierait plus tard. Si King et elle trouvaient le bonheur dans leur mariage, Carla ne réussirait jamais à s'immiscer entre eux.

Elle le dévisagea longuement, son regard s'attardant sur ses lèvres bien dessinées, son nez droit, ses cheveux bruns, ses yeux bleus, tour à tour tendres et implacables. Il était élégant, incroyablement séduisant, et on le remarquait partout où il allait. Son arrogance allait de pair avec le pouvoir et la fortune. Etait-il capable d'amour, avec l'enfance difficile qu'il avait eue ? Pouvait-il apprendre à aimer ?

A cet instant, il tourna la tête vers elle. Quelque chose troubla son regard et il étrécit les yeux.

— Qu'y a-t-il ? demanda-t-elle avec un sourire espiègle.

Pris au dépourvu, il se mit à rire.

— Non. Je me disais seulement que tu étais superbe. Vingt ans ne suffiront pas à te changer. Tu auras peut-être un cheveu gris ou deux, mais tu seras encore magnifique.

— C'est gentil de me dire cela, murmura-t-elle en posant sa cuiller. Je te le rappellerai dans quelques années.

— Je ne l'oublierai pas, répondit-il.

Harrison laissa échapper un petit soupir de soulagement. King était un peu nerveux, rien de plus. Il connaissait Tiffany depuis des années, après tout. Il n'y aurait pas de surprises pour eux.

Ils avaient des points communs et ils s'entendaient bien. Même si l'amour manquait au début, il finirait par venir. Il le faudrait. Seul l'amour pourrait retenir un homme tel que lui…

Tiffany jeta un coup d'œil vers son père, et haussa un sourcil.

— C'est un mariage, pas une veillée funèbre, gronda-t-elle.

Il tressaillit et se mit à rire.

— Pardon, ma chérie, j'étais ailleurs…

King demeura silencieux, visiblement songeur. Il la regardait de temps en temps, d'un air préoccupé, presque inquiet. Lui cachait-il quelque chose ? Peut-être avait-il des soucis qu'elle ignorait. Si elle pouvait le voir seul après dîner, peut-être pourrait-elle le persuader de se confier à elle…

Cependant, dès le repas terminé, King consulta sa montre et se leva, expliquant qu'il devait retourner au bureau finir certains papiers.

Tiffany le suivit dans l'entrée.

— J'espérais que nous aurions un moment pour parler, dit-elle avec une pointe de regret. Nous nous marions demain.

— C'est pourquoi je dois travailler ce soir, répondit-il sèchement. Il y a longtemps que je n'ai pas pris une semaine de vacances.

— Je sais que tu travailles dur, reprit-elle en levant vers lui des yeux inquiets. Il est encore temps de faire marche arrière, si tu le désires.

Il arqua des sourcils stupéfaits.

— C'est ce que tu veux ?

Elle se mordilla la lèvre, se demandant s'il désirait qu'elle réponde par l'affirmative.

— Non, dit-elle honnêtement. Ce n'est pas ce que je veux. Mais si tu…

— Nous allons nous marier, coupa-t-il. Après tout, nous avons beaucoup de points communs. Et comme ça, la société restera dans la famille.

— Nos enfants en hériteront…, commença-t-elle.

— Seigneur ! s'écria-t-il avec un rire sans joie, ne commence pas à parler de fonder une famille !

Il fronça soudain les sourcils et la fixa.

— Tu as vu un médecin, n'est-ce pas ?

— Pour l'analyse de sang ? demanda-t-elle, perplexe.

— Pour une méthode de contraception, répliqua-t-il tandis qu'elle rougissait. Je m'en charge pour l'immédiat. Mais dès notre retour de lune de miel, il faudra que tu prennes rendez-vous.

Peu importe ce que tu choisis, mais il faut que tu sois protégée.

Tiffany le dévisagea, le souffle coupé. Elle avait l'impression qu'il venait de la frapper.

— C'est un sujet qui te tient à cœur, dit-elle d'une voix incertaine.

— C'est pourquoi je suis encore célibataire, répondit-il froidement, fouillant son regard. Nous déciderons ensemble d'avoir des enfants. Ce n'est pas une décision qui n'appartient qu'à toi. J'espère que c'est clair ?

— On ne peut plus clair.

— Je te verrai à l'église demain, dit-il d'un ton bref. Essaie de dormir. Nous avons une longue journée et un long voyage devant nous.

Il effleura ses cheveux, mais ne l'embrassa pas, et sortit sans un regard en arrière.

Pour un couple sur le point de se marier, c'était un adieu qui n'augurait rien de bon.

Tiffany ne ferma pas l'œil de la nuit.

7.

Le lendemain matin, il pleuvait à seaux. Le temps maussade acheva de déprimer Tiffany. Elle regarda son reflet dans la glace et eut du mal à se reconnaître. Elle était bien différente de la Tiffany désinvolte d'autrefois, prête à tout pour obtenir ce qu'elle voulait. Et elle se souvenait avec angoisse qu'il fallait parfois se méfier de ce qu'on appelait de ses vœux.

Elle se maquilla avec soin, dissimulant sa pâleur et les cernes sous ses yeux. Elle enfila son tailleur blanc, et se souvint brusquement qu'elle n'avait pas pensé à acheter un bouquet pour l'événement. Il était trop tard, à présent. Elle se coiffa de son chapeau, abaissa la voilette, prit son sac et alla rejoindre son père qui l'attendait dans le couloir. La maison semblait anormalement silencieuse, et elle ne put s'empêcher de se demander ce que sa défunte mère aurait pensé de ce mariage.

Vêtu d'un élégant complet sombre, une rose blanche épinglée à son revers, Harrison se tourna vers sa fille en souriant.

— Tu es ravissante, dit-il. Ta mère aurait été fière de toi.

— Je l'espère…

Il s'approcha davantage, et fronça les sourcils en prenant ses mains glacées dans les siennes.

— Ma chérie, es-tu sûre de vouloir te marier ? demanda-t-il gravement. Il n'est pas trop tard pour changer d'avis, tu sais, même à présent.

L'espace d'un instant, une vague de panique s'empara d'elle, et elle fut tentée de le faire. Mais les choses étaient allées trop loin.

— Tout ira bien, dit-elle avec obstination, avant de sourire à son père. Ne t'inquiète pas.

Il poussa un soupir d'impuissance et haussa les épaules.

— Je ne peux pas m'en empêcher. Ni King ni toi n'aviez l'air d'un couple radieux, hier soir, au dîner. On aurait plutôt dit deux condamnés à la guillotine.

— Oh, papa ! gémit-elle avant d'éclater de rire. Comment peux-tu dire une chose pareille ?

Il sourit à son tour.

— Voilà qui est mieux. Tu étais terriblement

pâle quand tu es descendue. Nous ne voudrions pas donner l'impression que cette cérémonie est une veillée funèbre.

— Certainement pas.

Elle prit une profonde inspiration.

— Bien. Allons-y…

A la grande surprise de Tiffany, le parking était plein de voitures.

— Je ne me souviens pas d'avoir invité quiconque, observa-t-elle.

— King s'est sans doute senti obligé d'inviter des gens de la société, lui rappela son père. Le conseil d'administration, sans doute.

— Je suppose que oui.

Le chauffeur vint lui ouvrir la portière, et elle descendit avec précaution, regrettant de ne pas avoir de bouquet pour se donner une contenance. Elle laissa son sac dans la limousine, puisque King et elle devaient se rendre à l'aéroport dès la cérémonie achevée. Il n'avait pas été possible d'organiser une réception dans un laps de temps aussi bref.

Au bras de son père, Tiffany entra dans l'église.

King se tenait debout devant l'autel, à côté du pasteur. La décoration des lieux était minimale :

deux corbeilles de fleurs d'aspect quelconque étaient disposées de part et d'autre de l'autel. Des rubans blancs noués à la va-vite ornaient les sièges du premier rang. Traditionnellement destinés à la famille, ceux-ci resteraient presque vides aujourd'hui. Hormis son père et Lettie, ni King ni elle n'avaient de parents proches.

Lettie était justement là, arborant un tailleur et un chapeau exubérant, digne de figurer en couverture d'un magazine de mode. Tiffany ne put réprimer un sourire. Par chance, aucun représentant de la presse n'était là. Sinon, Lettie aurait volé la vedette, dans son exquise robe en soie et son chapeau assorti.

A l'entrée de Tiffany, l'organiste entonna les premières notes de la *Marche Nuptiale*. Les jambes flageolantes, elle s'avança vers l'autel, se demandant combien de couples l'avaient précédée, le cœur empli d'amour, de joie, d'espoir. Seigneur, elle était terrifiée à l'idée de ce que l'avenir lui réservait...

Soudain, elle aperçut Carla, assise au premier rang, du côté réservé à King. Elle avait eu l'audace de mettre une robe en dentelle blanche, et un chapeau blanc avec une voilette ! Comme si c'était elle la mariée, et non Tiffany !

Son père suivit la direction de son regard, et se raidit. L'un et l'autre étaient trop respectueux des convenances pour faire une scène et pourtant... Il semblait inconcevable que King ait pu inviter sa maîtresse à son mariage. Etait-ce là une manière d'affirmer ses intentions ? Tiffany serait son épouse, mais il ne ferait aucune concession concernant sa vie privée.

King lui lança un regard de biais comme elle s'approchait. Il remarqua son tailleur, et le fait qu'elle avait les mains vides, et fronça les sourcils, visiblement mécontent.

Malgré les émotions qui la submergeaient, Tiffany demeura impassible, feignant d'accorder toute son attention au pasteur.

Vers la fin, il y eut un instant de confusion lorsque ce dernier pria King de passer l'anneau au doigt de la mariée. King fouilla vainement dans ses poches avant de trouver la bague tout au fond, là où il l'avait mise plus tôt, sans son étui. Il prit la main glacée de Tiffany dans la sienne, et, impassible, glissa l'alliance à son doigt.

Enfin, le pasteur les déclara unis, et se tourna vers King, l'invitant avec un sourire à embrasser la mariée.

King se tourna vers sa nouvelle épouse et la

regarda longuement, avant de relever la fine voilette et de se pencher pour l'embrasser négligemment. Ses lèvres étaient dures et froides.

Les invités assis aux premiers rangs s'approchèrent afin de leur présenter leurs félicitations. Lettie étreignit Tiffany avec chaleur, tandis que celle-ci refoulait ses larmes. Forçant un sourire, elle se tournait vers son père lorsqu'elle vit Carla se jeter au cou de King et l'embrasser passionnément sur la bouche.

Le pasteur parut non moins sidéré que l'étaient Tiffany et son père. Harrison esquissa un geste vers le couple, mais Lettie posa une main impérieuse sur son bras.

— Raccompagne-moi à ma voiture, Harrison.

Quelques secondes plus tard, King s'arracha à l'étreinte de Carla et se mit à serrer la main de plusieurs de ses cadres. Tiffany décocha à Carla un regard assassin et, d'un geste délibéré, prit le bras de son père.

— Allons-y, voulez-vous ? dit-elle à ses deux compagnons.

— Ma chérie… ce n'est guère euh… conventionnel, murmura Lettie alors qu'elle les entraînait dehors.

— Peut-être, mais c'est moins grave que de se tromper de femme le jour de son mariage ! rétorqua Tiffany assez fort pour être entendue de King et du reste de l'assistance.

Elle sentit son regard furieux sur elle, mais elle s'en moquait. Sa maîtresse et lui l'avaient humiliée au-delà du supportable, le jour même de son mariage. Elle était tentée de rentrer chez son père et de demander une annulation sur-le-champ.

Debout près de la limousine avec son père et Lettie, elle réfléchissait encore lorsque King la saisit par le bras et la poussa sans cérémonie à l'intérieur du véhicule. Elle eut à peine le temps d'agiter la main en signe d'adieu avant que le chauffeur ne démarre.

— C'était un faux pas de premier ordre, dit-il d'une voix cassante.

— Essuie le rouge sur tes lèvres avant de me parler, mon chéri, rétorqua Tiffany, amère.

Il prit un mouchoir et se tamponna la bouche, retirant les traces du rouge à lèvres orange vif que Carla avait porté.

— Le jour de mon mariage…, dit-elle d'un ton étranglé, les doigts triturant son petit sac. Et cette… créature et toi… avez tourné la cérémonie en ridicule !

— Tu peux parler, lança-t-il vertement. Toi qui es venue en tailleur, et sans même un bouquet !

— C'est toi qui aurais dû m'offrir des fleurs, répondit-elle, le cœur en miettes. Je n'allais pas te supplier. A en juger par l'arrangement floral que tu as choisi, si tu m'avais commandé un bouquet, il aurait sans doute contenu des orties et des fleurs de pissenlit. Quant au tailleur, tu ne voulais pas d'un grand mariage, et une robe de mariée n'aurait pas été appropriée à une si petite cérémonie.

Il eut un rire froid et la foudroya du regard.

— Tu ne m'as pas dit que tu voulais un bouquet.

— Tu pourras en donner un à Carla plus tard à la place.

Il lâcha un juron.

— Je t'en prie, ajouta-t-elle, continue à gâcher la journée !

— Toute cette histoire était ton idée, accusa-t-il en tirant sur sa cravate d'un geste rageur. Je n'avais jamais pensé à me marier avant que tu te jettes à ma tête !

Elle observa son profil, submergée de tristesse. Comme elle l'avait redouté, cela avait été un mariage forcé. Elle se surprit à regretter le passé, l'époque où ils étaient amis et s'appréciaient mutuellement. Ces jours-là s'étaient enfuis à jamais.

— Je sais, murmura-t-elle, accablée.

Elle se laissa aller contre le dossier, soudain épuisée. Elle avait perdu son sang-froid, mais ce n'était pas vraiment la faute de King. Il était une victime des circonstances, tout comme elle.

— Je ne sais pas pourquoi je m'attendais à ce que tu sautes de joie, reprit-elle lorsqu'elle se fut un peu calmée. Tu as raison. Je t'ai contraint à un mariage dont tu ne voulais pas. Tu as le droit d'être furieux.

Elle se tourna vers lui, le visage blême.

— Il est inutile de poursuivre cette comédie. Nous pouvons obtenir une annulation tout de suite. Tu n'as qu'à demander au chauffeur de me ramener à la maison, et je m'en occuperai immédiatement.

Il la dévisagea comme si elle avait perdu l'esprit.

— Tu es folle ? demanda-t-il sèchement. Nous venons de nous marier. Que vont penser les gens si j'annule mon mariage une heure après la cérémonie ?

— Personne ne saura quand nous l'avons

fait, répondit-elle calmement. Tu peux prendre l'avion pour la Jamaïque et je retournerai à New York avec Lettie en attendant que l'affaire soit oubliée.

— Reprendre ta carrière de mannequin, je suppose ?

Elle haussa les épaules.

— Pourquoi pas ?

— Parce que tu as autre chose à faire, riposta-t-il avec colère. Tu es ma femme.

— Vraiment ? Personne dans l'église ne l'aurait cru, à te voir embrasser Carla. A vrai dire, sa tenue était beaucoup plus appropriée que la mienne.

Il détourna la tête, l'air soudain gêné. Elle se laissa de nouveau aller en arrière contre le siège et ferma les yeux pour ne plus le voir.

— Je m'en moque, dit-elle d'une voix lasse. Je ferai ce que tu veux. Sauf une chose.

Elle se tourna vers lui, le fixant d'un regard froid.

— Je ne coucherai pas avec toi. Je ne peux pas. Pas maintenant…

Il arqua les sourcils.

— Que diable veux-tu dire ?

— Exactement ce que je viens de dire, répondit-elle fermement. Tu peux… avoir… ce que tu veux avec Carla. Avec ma bénédiction.

Elle faillit se mordre la lèvre en disant ce mensonge. La fierté avait son prix. Elle ferma les yeux de nouveau.

— Je me suis bercée d'illusions. Je rêvais d'amour éternel, de nuits enchantées et d'adorables bébés. Je n'ai eu en retour qu'un désir vulgaire, sans même un semblant d'amitié. Et l'ordre absolu de ne jamais penser à avoir un enfant !

A son tour, il se laissa aller contre le dossier, regardant droit devant lui. Oui, il avait dit cela. En fait, il avait insisté sur le fait qu'il ne voulait pas d'enfant tout de suite. Ces deux dernières semaines, il s'était éloigné d'elle, de manière si délibérée qu'il avait donné l'impression d'être contraint de l'épouser.

Il avait organisé une cérémonie rapide. Par mesure de précaution, ce n'était pas Carla, sa secrétaire, qui avait été chargée de commander les fleurs, mais une autre de ses employées. Il se demandait ce qui s'était passé. Seules deux corbeilles d'aspect chétif avaient été placées dans l'église, et Tiffany n'avait pas eu de bouquet. C'était délibéré, il le savait, et Carla était sans doute mêlée à l'affaire d'une façon ou d'une autre, mais il n'y avait aucun moyen de réparer le mal fait. Quand il avait vu les fleurs, il était trop tard pour faire quoi que ce soit. Quant à la robe de Carla et à son baiser, l'un et l'autre l'avaient surpris tout autant que Tiffany. Cependant, il était inutile de le lui dire, car elle ne le croirait pas.

Il lui avait refusé bien plus que des fleurs, à vrai dire. Elle n'avait pas eu de photographe, ni de demoiselles d'honneur, ni de réception. Et tout cela lui avait manqué. Par-dessus le marché, il avait embrassé sa secrétaire devant toute l'assemblée…

Il la regarda de nouveau, envahi par d'amers regrets. Depuis le début, il avait été opposé à l'idée de se marier. Il avait détesté sa faiblesse à l'égard de Tiffany, et c'est elle qu'il avait punie. Elle avait raison de dire que ç'avait été un simulacre de mariage. Elle était amère, blessée, et cela par sa faute. Elle avait les traits tirés. Il se souvenait de Tiffany telle qu'elle avait été quelques mois plus tôt : débordante de joie de vivre, taquine, rieuse, tentatrice, amoureuse. Il aurait pu avoir tout cela. Mais il avait laissé ses craintes et ses doutes gâcher son mariage, et Tiffany avait souffert.

Il prit une profonde inspiration et se tourna

vers la fenêtre. Cela promettait d'être une lune de miel inoubliable.

En fin de compte, ce fut bel et bien une lune de miel inoubliable, bien que fort différente de celle que Tiffany avait imaginée. Montego Bay était une ville animée et fascinante, et ses habitants les gens les plus accueillants que Tiffany ait jamais rencontrés.

Ils occupaient une suite dans un hôtel de luxe sur la plage. Par chance, l'appartement comprenait deux chambres. Tiffany s'installa dans la plus petite sans demander à King ce qu'il pensait de sa décision. Elle lui accorda autant d'attention qu'elle en aurait accordé à un colocataire, sans se soucier de ce qu'il pensait de cela non plus. Elle n'avait pas eu de véritable mariage, mais profiterait de sa lune de miel, dût-elle la passer seule !

King avait apporté son ordinateur portable, et passa la première soirée à travailler, assis au petit bureau devant la fenêtre.

Tiffany enfila un tailleur-pantalon beige et se confectionna un chignon rapide, mais ne prit pas la peine de se maquiller.

— Je descends dîner au restaurant, annonça-t-elle.

Il leva les yeux, l'enveloppant d'un regard empreint d'une étrange tristesse.

— Veux-tu de la compagnie ?

— Pas particulièrement, merci.

Sur quoi elle franchit le seuil, le laissant affronter le fait qu'elle ne désirait pas sa présence.

Seule à une table, elle commanda une salade de fruits de mer et une *pina colada*. Grisée par le rhum, elle se sentit bientôt d'humeur plus gaie. Lorsqu'un steelband se mit à jouer, elle se joignit aux autres clients, riant et applaudissant avec eux.

Ce ne fut que lorsqu'un grand brun élancé voulut l'inviter à danser qu'elle prit conscience que son attitude pouvait être mal interprétée. Elle refusa poliment, avec un sourire exprimant à la fois la gratitude et le regret. Puis elle se leva et régla l'addition.

King était sur la terrasse et fronça les sourcils en la voyant trébucher et glousser sur le seuil.

— Que diable as-tu fait ?

— J'ai trop bu, apparemment, répondit-elle avec un sourire absent. Ils mettent une quantité énorme de rhum dans ces cocktails !

— Tu n'as jamais supporté l'alcool fort, dit-il avec un léger sourire.

— Un homme m'a invitée à danser.

Le sourire de King s'effaça, et il rentra lentement à l'intérieur. Il avait enfilé un pantalon en toile blanc et une chemise en soie ouverte sur son torse nu. Une lueur sombre brillait dans ses yeux.

— J'ai refusé, dit-elle pour lui imposer silence. Et je ne l'ai pas embrassé. C'est le jour de mon mariage, après tout.

— Et quel mariage ! répondit-il honnêtement.

— Si nous n'avions pas commis cette folie, nous serions toujours amis, dit-elle avec un petit sourire triste. Je regrette que nous ne le soyons plus.

Il s'approcha davantage.

— Moi aussi, admit-il en fouillant son regard. Tiffany… je ne voulais pas me marier.

— Je sais. Cela ne fait rien, dit-elle d'un ton apaisant. Tu n'es pas obligé de le rester. A notre retour, j'irai voir un avocat.

Il ne se détendit pas pour autant. Au contraire, il l'enveloppa d'un regard calme, curieux, contemplant son corps mince, ses courbes douces.

— Tu n'aurais pas dû grandir.

— Je n'ai guère eu le choix. Bonne nuit, King…

Il la suivit des yeux, l'estomac noué. Il la désirait désespérément. Mais il ne fallait pas qu'il la rejoigne dans sa chambre. D'ailleurs, elle avait déjà dit qu'elle ne voulait pas de lui. Il retourna sur la terrasse, laissant le vent rafraîchir sa peau brûlante. Jamais il ne s'était senti si troublé, si glacé à l'intérieur.

Tiffany s'éveilla avec un mal de tête lancinant et une nausée affreuse. Non sans mal, elle s'assit au bord du lit dans sa chemise de nuit blanche toute simple. Elle se félicitait à présent de ne pas avoir apporté de négligés affriolants.

King frappa à la porte et entra, hésitant sur le seuil à sa vue. Le visage pâle, les cheveux emmêlés, elle semblait très jeune, très vulnérable.

— Ça va ? demanda-t-il sèchement.

— J'ai un peu mal à la tête, répondit-elle sans le regarder.

— La prochaine fois, laisse le rhum aux experts, conseilla-t-il d'un ton rude, et contente-toi d'un jus de fruits. J'ai des comprimés dans ma valise. Je vais t'en apporter. Tu veux du café ?

— Noir, s'il te plaît, murmura-t-elle, incapable de bouger.

Elle avait l'impression que son crâne allait exploser.

Lorsqu'il revint, elle n'avait pas bougé. Il mit deux comprimés dans sa main et lui tendit un verre d'eau pour les avaler.

— Je t'apporterai du café dès qu'il sera servi. Je suppose que tu n'as pas envie de déjeuner, mais cela te ferait du bien de ne pas avoir l'estomac vide.

— Je ne peux rien manger.

Elle s'allongea doucement sur le lit, se pelotonnant comme une enfant, les yeux fermés, un oreiller sous sa tête douloureuse.

A regret, King la laissa. Un mari attentionné serait resté à ses côtés, lui aurait tenu la main, offert des paroles de réconfort. Mais il avait commis tant d'impairs ces dernières semaines qu'il doutait qu'elle apprécie ce geste de sa part. Elle n'avait pas besoin de lui expliquer pourquoi elle avait trop bu la veille au soir. Il ne le savait que trop bien.

Quelques instants plus tard, il rouvrit la porte, une tasse de café à la main. L'espace d'une seconde, il demeura figé sur place. Tiffany était allongée à terre, suffocante. Le visage gonflé, elle semblait incapable de respirer.

— Seigneur !

Il se rua vers le téléphone et composa le numéro de la réception, réclamant des secours d'urgence. Puis il s'assit près d'elle, horrifié, s'efforçant de la rassurer.

Par chance, le médecin arriva presque aussitôt. Sans même accorder un regard à King, il s'empara à son tour de l'appareil et appela une ambulance.

— Qu'est-ce qu'elle a mangé ? demanda-t-il en préparant une seringue.

— Rien ce matin. Elle avait un mal de tête. Je lui ai donné deux aspirines…

— Elle est allergique à l'aspirine ?

— Je… je ne sais pas.

Le docteur lui décocha un regard mi-méprisant, mi-furieux.

— Vous êtes son mari ? s'cnquit-il avec un sarcasme à peine voilé, avant de plonger l'aiguille dans le bras de Tiffany.

— Qu'est-ce que vous lui donnez ? rétorqua King.

— Un médicament pour contrer l'allergie. Si vous alliez voir si les ambulanciers sont arrivés ? Dites-leur de se dépêcher.

Pour une fois, King ne chercha pas à discuter. Il fit exactement ce qu'on lui demandait. Il se sentait glacé des pieds à la tête. En sortant, il jeta un dernier regard à Tiffany. Les yeux clos, elle luttait encore pour respirer.

— Elle va s'en sortir ? murmura-t-il d'une voix étranglée.

— Je vais faire tout mon possible, répondit le médecin en lui prenant le pouls. Allez-y !

King sortit sur le balcon. Au bout de ce qui lui sembla une éternité, l'ambulance apparut. Presque aussitôt, les secouristes en descendirent. Il leur indiqua les marches, et la chambre de Tiffany.

On l'installa sur une civière. Elle avait repris quelques couleurs et respirait un peu mieux, mais semblait toujours inconsciente.

Quelques minutes plus tard, King faisait les cent pas devant une salle des urgences, attendant que le médecin réapparaisse. En l'espace de quelques secondes, sa vie avait été bouleversée. La vue de Tiffany à l'agonie sur le sol avait tout changé. Il savait que cette vision le hanterait jusqu'à la fin de ses jours. Tout était sa faute. Il n'avait jamais songé à lui demander si elle était allergique à quoi que ce soit. Il n'avait jamais cherché à la connaître vraiment.

A présent, il se rendait compte qu'il ne savait rien d'elle, et que son ignorance avait failli lui coûter la vie, ce matin. Tout ce qui importait maintenant était qu'elle reçoive les meilleurs soins possibles, qu'elle se rétablisse et n'ait plus jamais à souffrir à cause de son indifférence. Il n'avait peut-être pas désiré ce mariage, mais un divorce était hors de question. Il devait faire de son mieux pour réparer ses erreurs.

Et il le ferait.

8.

Une seule chose ne lui était pas venue à l'esprit : le fait que Tiffany puisse être indifférente à son revirement. Lorsqu'elle sortit de l'hôpital le lendemain, avec interdiction d'absorber de l'aspirine sous quelque forme que ce soit, son attitude avait changé du tout au tout. Elle semblait avoir perdu toute son énergie, toute sa vitalité.

Dans le taxi qui les ramenait à l'hôtel, elle demeura anormalement silencieuse. Malgré le traitement dont elle avait fait l'objet, elle était toujours aussi pâle, et paraissait très faible. Il dut l'aider à descendre du taxi et à rentrer dans l'hôtel.

— Je ne t'ai jamais demandé si tu avais des allergies, dit King en la soutenant tandis qu'ils s'engouffraient dans l'ascenseur. Je suis désolé.

— Tout est ma faute, répondit-elle d'un ton las. J'avais tellement mal à la tête que je n'ai pas songé à te demander ce que tu me donnais. Je n'ai pas pris d'aspirine depuis l'âge de treize ans.

Il la regarda, adossée à la paroi de l'ascenseur, comme si elle risquait de s'effondrer d'un instant à l'autre.

— Tu as vraiment eu un mariage d'enfer.

Elle eut un rire sans joie.

— On peut le dire, en effet.

L'ascenseur s'immobilisa brusquement, et les portes s'ouvrirent. Sans un mot, King souleva Tiffany dans ses bras et la porta jusqu'à leur suite, ne la déposant qu'un bref moment pour introduire la clé dans la serrure.

Elle se laissa aller contre son épaule puissante, et ferma les yeux, s'imaginant qu'il l'aimait, qu'il voulait d'elle pour épouse. Elle avait passé le plus clair de son existence à rêver de lui, mais la réalité avait été cruelle pour sa fierté et pour son cœur. Ils étaient mariés, et pourtant, ils n'étaient pas vraiment mari et femme…

Il la déposa doucement sur le canapé.

— Tu as faim ? demanda-t-il. Peux-tu manger quelque chose ?

— Une salade, peut-être, murmura-t-elle. Et un verre de lait.

Il passa une commande à la réception, ajoutant un steak et une bière pour lui-même.

— Je ne savais pas que tu aimais la bière, dit-elle d'un ton songeur lorsqu'il raccrocha.

Il lui lança un regard curieux.

— Nous vivons l'un à côté de l'autre depuis toujours, dit-il. C'est stupéfiant que nous sachions si peu de choses l'un sur l'autre.

Elle repoussa ses cheveux en désordre avec un soupir, et ferma les yeux.

— Je crois que mon pauvre estomac est complètement vide. Je n'ai rien pris hier soir. Et je n'ai pas déjeuné ce matin.

— Il faut que tu manges, dit-il gravement, fronçant les sourcils. Tu as perdu du poids récemment, Tiffany.

— Je n'ai pas beaucoup d'appétit depuis quelque temps, avoua-t-elle. Lorsqu'on travaille comme mannequin, on ne vous encourage guère à grignoter. Et quand nous avons décidé de... nous marier, j'ai été trop occupée pour manger.

Il n'avait pas manqué sa légère hésitation lorsqu'elle avait parlé de leur décision de se marier. Il détestait la voir si abattue. Le changement en elle était si frappant...

Il poussa un profond soupir.

— Tu veux rentrer aux Etats-Unis ? demanda-t-elle.

La tristesse qu'il lisait dans ses yeux le bouleversa.

— Seulement si tu en as envie, répondit-il. Les attractions ne manquent pas ici. Nous pourrions aller visiter Rose Hall, par exemple.

Elle secoua la tête.

— Je ne crois pas avoir envie de jouer les touristes. Si nous rentrions ?

Il hésita. Elle était épuisée après le mariage précipité, le voyage, et sa réaction allergique à l'aspirine. Il ouvrit la bouche pour lui dire qu'une bonne nuit de sommeil lui ferait voir les choses différemment, mais il se ravisa. Sa pâleur suffit à le persuader qu'elle se rétablirait plus vite dans un environnement familier.

— Très bien, dit-il doucement. Si c'est ce que tu veux. Nous partirons à la fin de la semaine. J'essaierai de réserver deux billets dès demain matin.

Elle acquiesça.

— Merci.

Leur commande arriva. Le repas se déroula dans un silence tendu. Ayant terminé sa salade,

Tiffany se leva, et, plaidant la fatigue, annonça qu'elle allait se coucher.

Elle avait presque atteint la porte de sa chambre lorsque la voix de King s'éleva.

— Tiffany…

— Oui ?

— Reste dormir avec moi.

Son cœur bondit dans sa poitrine. Elle écarquilla les yeux, stupéfaite.

— Non, dit-il gentiment, se levant à son tour. Pas comme tu le penses, mon cœur. Je voulais seulement dire que tu n'es pas obligée de dormir seule ce soir. Le lit est grand. Tu n'as rien à craindre, je ne chercherai pas à profiter de la situation.

L'offre était tentante. Il l'avait à peine touchée depuis un mois. Et bien qu'il l'ignore, elle n'avait pas peur de lui. Parfois, au contraire, elle avait l'impression qu'elle aurait été prête à donner six mois de sa vie pour qu'il se jette sur elle et la possède jusqu'à l'épuisement. Que dirait-il si elle lui avouait cela ? Ce serait sans doute une complication de plus dont il ne voulait pas. Et puis, Carla l'attendait…

— Très bien, dit-elle au bout d'un moment. Si ça ne t'ennuie pas…

— Si ça ne m'ennuie pas !

Il se mordit la lèvre et se détourna avant qu'elle puisse voir son visage tendu.

— Non, murmura-t-il enfin. Ça ne… m'ennuie pas.

Il se conduisait d'une manière étrange, songea-t-elle tout en enfilant une chemise de nuit toute simple, au col brodé de couleurs pastel, et une robe de chambre assortie.

Comme elle entrait dans la chambre, elle entendit la voix de King au téléphone.

— … de retour demain, disait-il d'un ton froid et mordant. Je veux que tout soit prêt quand j'arriverai au bureau. Oui, nous en parlerons. Et ne gâche pas tout cette fois, sinon ce sera ta dernière erreur dans ma société. C'est clair ?

Il raccrocha d'un geste vif, et passa une main dans ses cheveux humides après la douche. Il portait un peignoir en velours rasé, noir et incroyablement sexy. Lorsqu'il se retourna, révélant la toison brune de son torse, Tiffany le dévora des yeux, les jambes flageolantes.

Il la regardait aussi. La robe de chambre et la chemise de nuit auraient dû refroidir les ardeurs d'un homme tant elles étaient virginales. Au contraire, elles ne firent qu'aviver son désir. Le visage doucement éclairé par la lampe de chevet, les yeux baissés, Tiffany était si délicieuse qu'il en avait mal.

— Quel côté du lit préfères-tu ? demanda-t-il abruptement.

— J'aime le gauche, mais ça n'a pas d'importance.

Il lui fit signe de le prendre. S'efforçant de ne pas penser au regard de King sur elle, Tiffany retira sa robe de chambre et la plia sur une chaise avant de se glisser entre les draps.

Il la fixait toujours, une lueur intense dans les yeux. Elle voyait sa poitrine s'abaisser et se soulever. Lentement, il défit le nœud qui retenait son peignoir et retira le vêtement, le jetant négligemment par terre. Il demeura immobile, complètement nu, son membre viril dressé, s'offrant à son regard.

Elle entrouvrit les lèvres, ne sachant que dire, que faire. Elle était incapable d'articuler un son. Il avait un corps qui aurait pu faire se pâmer la plus exigeante des femmes. Le cœur battant à tout rompre, elle se sentit rougir au souvenir de ses gestes experts, et un frisson de désir la parcourut.

— Déshabille-toi, dit-il d'une voix rauque et sensuelle. Je veux te regarder.

Toute pensée rationnelle déserta Tiffany. Elle repoussa le drap, se mit à genoux et retira tant bien que mal la longue chemise de nuit en coton, puis la jeta sur le sol. Elle était aussi excitéc quc lui. Il le savait.

Il fit le tour du lit, savourant le léger parfum de rose qui émanait d'elle. Les débuts orageux de leur lune de miel, les accusations, tout cela appartenait désormais au passé. Il s'approcha d'elle à la manière d'un prédateur.

Elle poussa un petit cri, et lança les oreillers par terre tandis qu'elle se renversait en arrière, offerte et tremblante.

Il s'allongea sur le lit, lentement, comme s'il s'attendait à ce qu'elle prenne la fuitc. Il glissa une de ses jambes entre les siennes, nouant ses doigts aux siens, la plaquant sous lui.

Leurs regards se soudèrent. Il remua contre elle, frottant sa jambe en un mouvement sensuel en même temps qu'il prenait possession de ses lèvres.

Chaque partie de son corps semblait être un instrument de séduction. Cette étreinte ne ressemblait pas aux précédentes, lorsqu'il l'avait caressée, embrassée. Non, elle était réelle, à la fois tendre et violente. C'était la possession d'une femme par un homme, la quête délibérée, contrôlée, du plaisir.

Frémissante, elle s'arqua contre lui, priant pour qu'il lui apporte la délivrance. Jamais elle n'avait éprouvé pareille tension, pareille frustration.

Il caressa brièvement le cœur de sa féminité, et enfin, enfin ! lui accorda l'intimité qu'elle quémandait. A la fois excitée et appréhensive, elle se raidit, enfonçant les ongles dans ses bras musclés, mordillant nerveusement sa lèvre inférieure.

Il s'immobilisa. Elle sentait les battements furieux de son cœur, mais son regard était tendre, en dépit du désir farouche qu'il éprouvait.

— La première fois est toujours difficile, murmura-t-il.

Les yeux dans les siens, il bougea de nouveau, très doucement.

— Tu me sens en toi ? chuchota-t-il, se penchant pour effleurer ses lèvres des siennes. Parle-moi.

— Te… *parler* ? balbutia-t-elle. Oh, mon Dieu !

— Parle-moi, répéta-t-il en riant. Ce n'est

pas un rituel silencieux. Nous apprenons à nous découvrir de la manière la plus intime qui soit. Ça ne devrait pas être une épreuve. Regarde-moi pendant que je te possède... Nous sommes comme les pièces d'un puzzle.

— Je ne peux pas !

— Pourquoi pas ? dit-il en se soulevant l'espace d'un instant. Regarde, Tiffany. Ce n'est ni sordide, ni effrayant. Nous sommes en train de devenir amants. C'est la chose la plus belle qu'un homme et une femme puissent partager. Regarde-nous...

Elle obéit, mais ses yeux revinrent vite se souder aux siens, comme pour y quêter protection et réconfort.

— Tu es ma femme, murmura-t-il doucement.

L'instant d'après, il retint son souffle, et l'emplit entièrement. Le voir aussi vulnérable émut profondément Tiffany, chassant la peur et le léger malaise que lui inspirait leur toute nouvelle intimité. Libérant une de ses mains, elle effleura son visage tendu d'un geste hésitant, puis caressa ses épais cheveux noirs.

Il ouvrit les yeux. C'était une sensation incroyable que de le contempler et de lui parler alors que leurs corps s'épousaient ainsi. Mais King ne paraissait pas choqué. Gardant son regard rivé à elle, il entama un mouvement de va-et-vient qui arracha à Tiffany un petit cri de plaisir. Il eut un petit rire.

— Tu as ri ! suffoqua-t-elle, vexée.

— Parce que tu es délicieuse.

Il se pencha pour lui mordiller les lèvres, tout en accentuant ses poussées.

— Jamais je n'ai eu autant de plaisir à faire l'amour.

Sa remarque rappela brutalement à Tiffany toutes ses expériences passées. Elle ouvrit la bouche pour répondre, mais comme s'il avait deviné son intention, il changea de position, et le plaisir la submergea.

Le souffle coupé, elle s'arqua vers lui, impuissante, bouche bée, gémissant à chacun des mouvements de King, tout entière tendue vers l'extase. Elle était juste hors d'atteinte et pourtant si proche…

— Oh, je t'en prie…, balbutia-t-elle d'une voix étranglée.

A cet instant, il parut sombre, presque violent. Il dit quelque chose qu'elle ne saisit pas. Au moment où la tension se brisait brusquement, et qu'elle s'entendait sangloter sous le choc des sensations, il enfouit le visage dans son cou, le corps secoué par la même délicieuse violence.

Pendant un long moment, Tiffany n'entendit que le souffle rauque et précipité de King. Haletante, elle se cramponna à lui, comme pour retenir un fragment de l'extraordinaire déferlante qui l'avait emportée.

Les mains sur les épaules moites de King, elle s'émerveillait de le sentir si profondément en elle. Remuant les hanches, elle tressaillit, surprise par une nouvelle onde de plaisir au creux de son ventre.

Elle laissa échapper un rire ravi.

Il releva la tête et ses yeux, apaisés à présent, trouvèrent les siens.

— Il faut donner à ton corps le temps de s'habituer, murmura-t-il en caressant tendrement ses cheveux humides. Pour l'instant, tu as besoin de repos.

Il se souleva lentement, prenant appui sur ses coudes.

— Essaie de te détendre. Cela risque de te faire un peu mal.

Il avait vu juste. Fermant les yeux, elle serra les dents tandis qu'il se détachait d'elle.

— Tu veux prendre un bain ? suggéra-t-il.

La question la choqua légèrement. Tout comme leur nudité. Elle se leva et s'empressa de ramasser sa robe de chambre, la tenant devant elle.

— Je... je crois que je vais prendre une douche, bégaya-t-elle.

Il se leva à son tour, sans la moindre gêne, et lui prit le vêtement.

— Tu n'as pas besoin de ça, dit-il d'un ton taquin. Nous sommes un couple marié, maintenant. Viens...

— Oh...

Il la guida dans la salle de bains, ouvrit les robinets, et la déposa dans la baignoire avant de l'y rejoindre. Tour à tour scandalisée, amusée, gênée, Tiffany savoura cette facette inattendue de la vie conjugale. Après l'avoir séchée, King la souleva dans ses bras et la porta jusqu'au lit, puis s'étendit à côté d'elle et éteignit les lumières.

Elle tendit une main vers lui, mais il la captura entre les siennes.

— Repose-toi pour ce soir, dit-il doucement. Nous avons toute la vie devant nous. Cette nuit n'est pas la dernière que nous passerons ensemble.

Pelotonnée contre lui, Tiffany ne répondit pas. C'était pourtant l'impression qu'elle avait eue.

Comme s'il y avait eu dans leur étreinte une sorte de désespoir, un désir impérieux. Elle ne comprenait pas ses propres craintes, mais elle n'était pas sûre que Kingman Marshall veuille rester auprès d'elle. Carla faisait encore partie de sa vie, et mêmc si King trouvait Tiffany délicieuse au lit, il devait supporter son statut d'homme marié. Elle ne se faisait guère d'illusions : les choses ne seraient pas automatiquement plus faciles à partir de maintenant. Au contraire, à la froide lumière du jour, l'intimité qu'ils venaient de partager se révélerait peut-être un inconvénient plutôt qu'un avantage.

Pourtant, ses inquiétudes se dissipèrent peu à peu, tandis qu'elle reposait dans les bras solides de son mari, humant la fragrance masculine de son après-rasagc. Pour cc soir, elle pouvait se convaincre qu'elle était une épouse comblée, qui avait un long mariage heureux devant elle. King devait savoir qu'elle n'avait pas eu le temps de consulter un médecin à propos de contraception. Mais apparemment, il avait eu trop envie d'elle pour s'en occuper, ainsi qu'il avait dit qu'il le ferait.

Si elle était enceinte... ? Une vague de chaleur se répandit en elle à cette pensée. Il ne voulait pas d'enfant. Mais, s'il la quittait pour Carla, elle aurait gardé une petite partie de lui que sa maîtresse ne pourrait jamais lui reprendre…

Le retour sur terre fut douloureux. Le lendemain, elle s'éveilla seule dans le lit, la robe de chambre jetée négligemment sur les couvertures. King était invisible, et il était 1 heure de l'après-midi !

Elle enfila sa robe de chambre et gagna le salon. La pièce était déserte aussi. Troublée, elle se rendit dans sa chambre, trouva un jean et un pull, puis noua un ruban rouge dans ses cheveux. Enfin, elle chaussa une paire de mocassins, et s'apprêtait à partir à la recherche de King lorsqu'elle vit l'enveloppe sur la commode.

Son nom était tracé de l'écriture familière, large et régulière. Elle ramassa l'enveloppe et la tint un instant entre ses doigts, savourant encore les souvenirs de la nuit dernière, devinant obscurément que le contenu de la lettre allait la peiner.

Elle déplia lentement la feuille.

« *Tiffany,*

» *J'ai laissé dans ton sac ton passeport, ainsi que l'argent nécessaire pour acheter un billet de retour et tout ce dont tu pourrais avoir besoin.*

J'ai réglé la note de l'hôtel. Il y a une urgence. Je voulais te dire hier soir que je devais partir ce matin à l'aube, mais cela m'est sorti de l'esprit. J'ai réussi à obtenir la dernière place disponible dans un avion à destination de San Antonio.

» Nous parlerons plus tard.

King. »

Elle relut la lettre deux fois, puis la remit dans l'enveloppe. Pour quel genre d'urgence un homme doit-il abréger sa lune de miel ?

Soudain, un déclic se fit dans son esprit, et elle se souvint des bribes de conversation qu'elle avait entendues avant qu'ils se couchent. King avait dit qu'il rentrerait le lendemain — aujourd'hui.

Elle prit une profonde inspiration. *Carla*. Carla lui avait téléphoné, et il avait quitté sa femme pour se précipiter vers elle. Tiffany aurait parié son dernier dollar qu'il n'y avait pas la moindre urgence…

Apparemment, leur étreinte passionnée de la veille ne lui avait pas suffi. Et qu'y avait-il d'étonnant à cela, en un sens ? Elle n'était qu'une novice. Carla, en revanche, était sans doute aussi expérimentée que lui.

Blessée mais résolue, elle s'empara du téléphone et composa le numéro du bureau de son père.

— Allô ?

Le son de sa voix était si réconfortant que Tiffany dut refouler les larmes qui montaient dans sa gorge.

— Bonjour, papa.

— Que diable se passe-t-il ? demanda-t-il aussitôt. King vient de me téléphoner de l'aéroport en disant qu'il rentrait pour s'occuper du conflit social dans l'entreprise. De quoi parle-t-il ?

— Je n'en sais pas plus long que toi, avoua-t-elle. Il m'a laissé un message.

Son père poussa un soupir exaspéré.

— J'aurais pu m'occuper de cette histoire. Après tout, j'ai plus d'expérience que lui.

Tiffany le savait.

— Je serai là demain, dit-elle. J'ai eu un problème causé par des comprimés d'aspirine et je ne suis pas très en forme. J'étais prête à rentrer, mais il n'y avait qu'une seule place disponible dans l'avion. Nous avons décidé que je prendrais le suivant.

Harrison ne parut guère convaincu par son mensonge.

— Papa, peux-tu m'envoyer la voiture à l'aéroport ? Je ne suis pas sûre que King s'en souvienne s'il a des réunions.

Ou s'il est chez Carla.

Il y eut un silence.

— Je ne t'oublierai pas, Tiffany. Appelle-moi dès que tu auras atterri. A bientôt, ma chérie.

— A bientôt, papa.

Harrison raccrocha, se leva et gagna la porte en deux enjambées. Passant devant sa secrétaire, il se rendit droit dans le bureau de King et fit irruption dans la pièce. Sous le regard stupéfait de Carla, il claqua violemment la porte derrière lui.

— Espèce de vipère ! lança-t-il, furicux. Allcz-vous cesser d'essayer de saboter le mariage de ma fille ? D'abord, les fleurs, puis la scène de l'église, et maintenant vous avez réussi à faire revenir King sous un faux prétexte, en laissant sa femme en Jamaïque !

Carla ouvrit des yeux exorbités.

— M. Blair, sincèrement, je ne voulais pas…

— Vous êtes renvoyée, rugit-il.

Elle se leva, les joues rouges de colère.

— M. Blair, je suis la secrétaire de King, siffla-t-elle. Vous ne pouvez pas me renvoyer.

— Je possède cinquante et un pour cent des

actions, riposta-t-il avec mépris. Ça veut dire que je peux renvoyer qui je veux, quand je veux ! Je vous ai dit que vous étiez renvoyée, et vous l'êtes.

Elle prit une pause indignée.

— Je porterai plainte !

— Ne vous gênez pas, rétorqua Harrison. J'appellerai les journaux et je leur donnerai une histoire qu'il vous faudra des années pour leur faire oublier, surtout après qu'ils auront enquêté un peu sur votre passé !

Ce n'était qu'un coup porté au hasard, mais elle ne le savait pas. Elle devint livide, et frissonna.

— Vous pourrez prendre votre indemnité en sortant.

Sur quoi, il sortit du bureau, et faillit entrer en collision avec King sur le seuil.

— Je viens de mettre ta secrétaire à la porte, lança Harrison à King avec un mépris non dissimulé. Et si tu veux divorcer de ma fille pour te consacrer à ta maîtresse, je suis prêt à me séparer de toi aussi. Vous vous valez bien tous les deux !

Bousculant King, il regagna son bureau, et referma la porte avec tant de violence que les murs en frémirent.

King décocha à Carla un regard perçant. Harrison l'avait pris de vitesse. Il allait renvoyer Carla lui-même, mais pas avant d'avoir obtenu des réponses à ses questions.

— Bien, dit-il. Je t'écoute...

— Quoi ? balbutia-t-elle en s'approchant de lui, usant de tout son charme pour l'amadouer. Tu ne vas pas le laisser me renvoyer, n'est-ce pas ? Après tout ce que nous avons partagé, toi et moi ?

Elle se frotta légèrement contre lui, mais King se raidit et recula d'un pas.

— C'était bien avant que j'épouse Tiffany.

— Rien ne nous obligeait à rompre, susurra Carla. Elle n'est qu'une enfant gâtée, une petite princesse. Que peut-elle offrir à un homme tel que toi, hormis un peu de nouveauté ?

— Tu m'as téléphoné en disant qu'il y avait un conflit social, lui rappela-t-il. Je n'en trouve pas trace.

Elle haussa les épaules.

— Tom m'a dit qu'il y avait des rumeurs concernant une menace de grève. J'ai pensé qu'il valait mieux t'avertir. Pose-lui la question, si tu ne me crois pas.

Elle prit une pose provocante.

— Tu vas le laisser me mettre à la porte ?

King poussa un long soupir. Harrison était hors de lui. Apparemment, il y avait eu un malentendu et l'attitude de Carla n'avait pas arrangé les choses.

— Tu t'es fait un ennemi, dit-il. Ta conduite au mariage ne sera pas oubliée de sitôt.

— Tu ne voulais pas l'épouser, répondit-elle avec assurance. Tu n'as même pas pris la peine de vérifier les corbeilles de fleurs, et tu ne t'es pas inquiété pour le bouquet, parce que tu t'en moquais.

Elle esquissa une petite moue.

— C'était une comédie.

— Oui, grâce à toi !

Il enfonça les mains dans les poches, la foudroyant du regard. Comment diable avait-il pu être assez stupide pour avoir une liaison avec une telle vipère ?

— Je verrai si je peux te trouver un autre emploi, dit-il enfin, mais pas ici. Je ne vais pas m'opposer à Harrison.

— C'est pour cela que tu t'es marié ? lança-t-elle. Pour être sûr d'hériter de toute la compagnie quand il mourra ?

— Ne dis pas de bêtises.

— Peut-être est-ce aussi la raison pour laquelle elle t'a épousé, continua Carla, instillant le doute en lui. Maintenant, même si tu divorçais, elle serait totalement à l'abri du besoin, non ?

Divorcer. Harrison avait parlé de divorce !

— Il faut que je parle à Harrison, dit-il d'un ton sec. Je verrai ce que je peux faire pour toi.

9.

Lorsque King entra dans son bureau, Harrison se contenta de le toiser.

— Peu m'importe ce que tu pourras dire pour sa défense, avertit-il. Je ne veux plus d'elle ici. C'est la dernière fois qu'elle s'immisce dans les affaires de ma fille.

King fronça les sourcils, inquiet. Son associé avait une mine affreuse.

— Je n'ai rien dit, répondit-il doucement. Calmez-vous. Si vous voulez qu'elle parte, elle partira.

Harrison se détendit quelque peu, mais il paraissait toujours terriblement pâle, et respirait avec difficulté. Il desserra le nœud de sa cravate.

— Cette femme, reprit-il d'une voix rauque. Elle a déjà fait tant de mal… à Tiffany, et maintenant c'est moi qui vais lui en causer davantage…

Il marqua une pause, portant la main à sa gorge d'un air surpris.

— C'est curieux, j'ai mal à la gorge, jusqu'à la mâchoire. Je ne peux pas…

Avec une grimace, il s'effondra brusquement, le visage couvert de sueur.

Une crise cardiaque ! comprit King aussitôt. Atterré, il se hâta d'alerter la secrétaire de Harrison et lui demanda d'appeler une ambulance. Puis il s'agenouilla à côté de lui, et se mit à lui faire des massages cardiaques, bientôt aidé par deux autres cadres de l'entreprise.

Moins de cinq minutes plus tard, deux ambulanciers arrivaient, équipés d'une civière. Après avoir stabilisé le pouls de Harrison, et lui avoir donné de l'oxygène, ils le transportèrent d'urgence à l'hôpital.

— Qui est son médecin personnel ? s'enquit le secouriste.

King lui fournit l'information.

— Y a-t-il des membres de sa famille qu'il faut informer ?

— Je suis son gendre, fit King d'un ton sombre. Ma femme est en Jamaïque. Il faut que je la fasse revenir.

L'idée d'avoir à apprendre la nouvelle à Tiffany

par téléphone lui répugnait. Pourtant, il n'avait pas le temps de prendre l'avion pour aller la chercher. Harrison n'avait peut-être plus que quelques heures à vivre…

Une fois à l'hôpital, Harrison, toujours sans connaissance, fut emmené en salle d'auscultation. King l'accompagna et eut une brève conversation avec le médecin avant d'aller appeler l'hôtel où Tiffany séjournait à la Jamaïque.

A sa grande surprise, on l'informa qu'elle n'était plus là. Elle avait quitté l'hôtel le matin même.

King raccrocha et passa une main dans ses cheveux. Puis, envahi par un sombre pressentiment, il téléphona chez Harrison. Une bonne répondit.

— Ici Kingman Marshall. Ma femme est là ?

— Oui, monsieur. Elle vient d'arriver. Dois-je aller la chercher ?

Il hésita.

— Non, merci.

Il ne pouvait s'acquitter d'une telle tâche au téléphone. Il dit au médecin où il se rendait, héla un taxi et se fit conduire au ranch.

*
* *

Elle se trouvait au premier étage, en train de défaire ses bagages. Elle pâlit à la vue de King. De toute évidence, elle ne s'attendait pas à le voir.

— Tu me cherchais ? dit-elle froidement. J'ai décidé de vivre ici en attendant le divorce.

Le divorce ! L'espace d'un instant, King oublia les mots qu'il était venu prononcer. Il l'avait quittée après l'étreinte la plus délicieuse qu'il ait jamais connue. N'avait-il pas expliqué qu'une urgence l'avait arraché à ses bras ? Il avait prévu de prendre l'avion de retour le soir même. Il n'avait pas soupçonné un instant que Carla avait inventé l'histoire de toutes pièces.

— Tiffany, commença-t-il, je suis rentré à cause d'une urgence...

— Oui, je sais de quoi il s'agit, rétorqua-t-elle. J'ai appelé le bureau. Mon père a renvoyé ta secrétaire et tu t'es hâté de lui porter secours. La standardiste m'a tout expliqué, merci.

— La standardiste ?

— Je voulais savoir si tu étais là. Elle m'a dit que je devrais rappeler plus tard, que tu étais en train de te disputer avec mon père...

Il émit un soupir exaspéré.

— Ce n'est pas le cas. Ecoute, nous parlerons

de tout cela plus tard. Le temps presse. Ton père a eu une attaque cardiaque. Il est aux urgences. Prends ton sac et viens avec moi.

Chancelante, Tiffany dut se retenir au pied du lit pour ne pas tomber.

— Il est en vie ? Il va s'en sortir ?

— Le médecin l'examinait quand je suis parti, répondit-il. Viens.

Elle le suivit sans un mot, sous le choc. Sa vie entière s'écroulait. Comment pourrait-elle surmonter la perte de son père s'il venait à mourir ? Il était le seul être qui l'aimait, qui ait besoin d'elle…

Durant le trajet jusqu'à l'hôpital, elle demeura immobile, en proie à une profonde angoisse. Lorsque King se gara devant le bâtiment, elle se précipita vers l'entrée sans même l'attendre.

— Je vous en prie, dit-elle au réceptionniste d'une voix étranglée. Où est mon père, Harrison Blair ? On vient de l'hospitaliser pour une crise cardiaque…

L'homme parut troublé.

— Vous devez parler au médecin, mademoiselle. Un instant, s'il vous plaît…

Il lui fit signe de s'approcher d'une autre porte.

King prit fermement sa main dans la sienne, redoutant le pire.

Un médecin en blouse blanche leur fit signe d'entrer, et les emmena à l'écart, vers un petit groupe de sièges vacants.

— Je suis désolé, dit le jeune homme gravement. Nous n'avons pas réussi à le sauver. C'était une crise cardiaque très violente. Nous avons tout essayé, mais cela n'a pas suffi…

Il secoua la tête.

— Le médecin de famille nous a dit que votre père n'avait pas de problèmes cardiaques, reprit-il en s'adressant à Tiffany blême. Si cela peut vous apporter du réconfort, sachez qu'il est mort très vite, et sans souffrir.

Devant le visage hébété de Tiffany, il se retourna vers King.

— Venez avec moi, je vous prie. Je vais vous donner quelque chose pour elle. A-t-elle des allergies à quoi que ce soit ?

— Seulement à l'aspirine, répondit King en regardant Tiffany tendrement. Rien d'autre, ma chérie ?

Elle secoua la tête, incapable de voir, d'entendre, de parler. Son père était mort. King s'était querellé avec lui au sujet de Carla, et c'était sa faute s'il avait eu cette attaque.

Elle dégagea brusquement sa main, levant vers son compagnon des yeux emplis de haine.

— C'est ta faute, balbutia-t-elle. Mon père est mort ! Garder Carla en valait-il la peine ?

Choqué, il prit une brève inspiration.

— Tiffany, les choses ne se sont pas passées ainsi…

Elle s'éloigna de lui, résolue à ne plus jamais lui adresser la parole.

Les jours qui suivirent se déroulèrent dans une sorte de vide. La maison était sinistre. Lettie vint s'y installer, et King aussi, en dépit des protestations de Tiffany. Il prit ses quartiers dans une chambre voisine de la sienne. Il se chargea de l'organisation des obsèques, réglant discrètement tous les détails nécessaires. Tiffany ne lui parlait qu'en cas de nécessité, et il ne pouvait guère lui en vouloir. Elle était trop bouleversée pour réfléchir de manière rationnelle. Il aurait le temps de tout lui expliquer plus tard, lorsqu'elle aurait surmonté son chagrin.

Dans l'intervalle, Carla avait quitté le bureau.

King s'était montré inflexible sur ce point. Si seulement il avait pu prévoir, des années plus tôt, les ennuis qu'elle lui causerait lorsqu'il voudrait rompre avec elle, toute la peine qu'éprouvait Tiffany à présent aurait peut-être pu être évitée. Mais à l'époque, Carla était une compagne excitante, et il n'avait pas l'intention de se marier.

Il avait payé cher son arrogance.

Au grand soulagement de Tiffany, Carla ne se montra pas aux obsèques. Apparemment, on lui avait fait comprendre que sa présence aurait été déplacée. Certaines personnes, commenta Lettie, n'avaient ni tact, ni savoir-vivre. Elle prononça ces paroles devant King, mais il ne réagit pas. Quels que soient ses sentiments, il les gardait pour lui.

Le soir des funérailles, il était assis seul dans le bureau de Harrison, une bouteille de whisky entamée devant lui, lorsque Lettie entra pour lui demander s'il voulait manger quelque chose avant que la cuisinière aille se coucher.

Il leva son verre.

— Non, merci. Je prends un dîner liquide, répondit-il d'un ton traînant.

Lettie referma la porte derrière elle, et marqua une pause devant l'immense bureau en chêne.

— Qu'allez-vous faire concernant la maison ? demanda-t-elle brusquement, les yeux encore rougis par les larmes qu'elle avait versées.

— Que voulez-vous dire ? La maison appartient à Tiffany.

— Non, murmura Lettie avec inquiétude. Jusqu'à la veille du mariage, Harrison était certain que vous alliez changer d'avis. Il voulait mettre Tiffany à l'abri du besoin après son décès, de sorte qu'elle ne dépende pas de vous financièrement. Il est allé voir son comptable dans l'intention de créer un fonds à son intention, comprenant la maison et ses parts dans la société.

Elle marqua une pause, visiblement préoccupée.

— Le comptable était introuvable. Et Harrison a fini par découvrir que cet homme lui volait de l'argent depuis trois ans. Cette semaine, il a appris que la maison avait été hypothéquée et que l'argent obtenu avait été versé sur un compte en banque aux Bahamas.

Sidéré, King se redressa pendant qu'elle poursuivait.

— Harrison a engagé un détective privé et

engagé des poursuites contre cet homme. Il espérait le voir arrêté avant qu'il ne quitte le pays en emportant ce qui restait de sa fortune. Sinon, Tiffany sera ruinée.

— Seigneur ! s'écria King en se levant. Cela explique qu'il ait été si agité, l'autre jour. Lettie, pourquoi ne m'avez-vous rien dit avant ?

— Parce que je n'étais pas sûre d'avoir le droit de vous mêler à cette affaire, hormis pour ce qui concerne la société, dit-elle sèchement. Vous devez savoir que Tiffany ne désire pas rester mariée avec vous.

— Je le sais, répondit-il, le visage tendu.

Elle haussa les épaules.

— Mais je ne connais personne d'autre qui puisse s'occuper de cette affaire. Je ne saurais pas comment m'y prendre.

King poussa un long soupir.

— Allez me chercher du café bien fort, voulez-vous ? Ensuite, il faut que vous me donniez toutes les informations que vous avez sur cet homme, et me dire ce que Harrison comptait faire.

Lettie parut légèrement rassérénée.

— Il va nous manquer à tous, dit-elle doucement, mais surtout à Tiffany. Il l'a élevée seul depuis qu'elle est toute petite.

Elle hésita.

— Elle a besoin de vous.

Il ne répondit pas, mais Lettie ne semblait pas attendre de réponse. Elle sortit, refermant la porte derrière elle.

Tiffany était assise sur la dernière marche de l'escalier, l'air pâle et épuisé. Ses yeux étaient rougis et elle tenait un mouchoir chiffonné à la main. Sa longue chemise de nuit blanche accentuait encore sa maigreur.

— Tu devrais être au lit, mon petit, souffla Lettie.

— Je ne peux pas dormir.

Elle fixa la porte du bureau.

— Il est là ?

Lettie acquiesça.

— Que fait-il ?

— Il boit du whisky.

— Oh…

Tiffany se redressa, l'air résolu.

— Je veux savoir ce qui a provoqué la crise cardiaque de mon père, articula-t-elle. Je sais qu'il avait renvoyé Carla. King s'est-il disputé avec lui pour cela ?

— Je l'ignore, répondit Lettie en s'approchant d'elle. Tiffany, c'est une période difficile pour nous tous. Ne fais rien que tu puisses regretter par la suite. King souffre aussi. Il avait beaucoup de respect pour Harrison. Ils étaient non seulement associés, mais amis.

— Ils étaient amis jusqu'au jour où j'ai épousé King, corrigea Tiffany. Mon père pensait que c'était une erreur. Il avait raison.

— Qui sait ? Il est trop tôt pour le dire. Certains mariages commencent mal. Il n'est guère facile de s'habituer à vivre avec quelqu'un d'autre. Les plus aimants des couples connaissent leur part de difficultés.

— Il est préférable que l'un et l'autre soient prêts à faire des efforts, commenta Tiffany.

— C'est vrai. Si tu allais le voir, justement ? suggéra sa marraine en désignant d'un geste la porte fermée. Si tu veux des réponses à tes questions, il est la seule personne qui puisse te les donner.

Pendant une longue minute, Tiffany fixa la moquette sans rien dire. Puis elle se leva lentement.

— C'est bien, dit Lettie. Je vais préparer du café. Il y a quelques complications. Demande-lui de te les expliquer. Partager ses problèmes fait partie du mariage, tu sais.

Tiffany eut un petit rire sans joie, mais se dirigea vers le bureau tandis que Lettie disparaissait dans le couloir.

Comme elle entrait, King leva les yeux vers elle.

— Je n'avais pas l'intention de t'abandonner à Montego Bay, dit-il aussitôt. Je serais revenu le soir même.

— Vraiment ?

Elle gagna le fauteuil en cuir bordeaux placé devant le bureau, songeant à toutes les fois où elle avait occupé ce siège lorsqu'elle venait bavarder avec son père. Un soupir lui échappa.

— Tout a changé depuis.

— Oui. Je sais.

Elle s'assit et se laissa aller contre le dossier, faisant glisser ses mains sur les accoudoirs froids.

— Dis-moi comment il est mort, King.

Il hésita, mais seulement une seconde. Il se leva, et mit les mains à plat sur le bureau.

— Tu veux que je te dise la vérité ? La voici. Il a renvoyé Carla et il se sont disputés. Je suis arrivé à ce moment-là, et il s'en est pris à moi. Je l'ai suivi dans son bureau et je l'ai vu s'effondrer.

Les ongles de Tiffany s'enfoncèrent dans le cuir souple.

— Pourquoi l'as-tu suivi ? Allais-tu essayer de le faire changer d'avis ?

— Non. Mais il ne s'agit pas que de Carla, ajouta-t-il, cherchant les mots justes pour lui expliquer la fraude dont son père avait été la victime.

— En effet. Nous sommes déjà d'accord sur le fait que je t'ai poussé à un mariage dont tu ne voulais pas, dit-elle sèchement. Oublions ce qui s'est passé à Montego Bay et restons-en là.

Il voulut parler, mais elle ne lui en laissa pas le temps.

— Accuse-moi de ce que tu voudras, reprit-elle. Je signerai tout ce que tu veux.

Les yeux de King étincelaient.

— Il n'y aura pas de divorce, martela-t-il.

La véhémence de sa voix la surprit, puis elle se souvint brusquement de sa position. En tant qu'héritière de son père, elle se retrouvait à présent l'associée de King. Il ne pouvait se permettre de divorcer d'elle. Quelle ironie du sort !

Elle inclina la tête et le dévisagea avec curiosité.

— Oh, j'avais oublié. Nous sommes associés,

maintenant. C'est tellement mieux comme cela, n'est-ce pas ? Tu n'auras même pas à acheter mes parts. Ce qui m'appartient est à toi.

La stupeur envahit les traits de King, comme si cette pensée ne lui était jamais venue à l'esprit.

— Tu joues bien la surprise, commenta-t-elle. J'imagine que tu t'es entraîné devant la glace.

— Que fais-tu debout à cette heure-ci ? demanda-t-il brusquement.

— Je ne pouvais pas dormir, répondit-elle, se sentant soudain vulnérable. C'étaient les obsèques de mon père aujourd'hui. Au cas où tu l'aurais oublié.

— Epargne-moi tes sarcasmes, fit-il. Attends une minute.

Il plongea la main dans le tiroir de son père et en sortit un flacon.

— Viens ici.

Il lui tendit deux capsules, puis referma le flacon.

— Pourquoi ne me le donnes-tu pas ? ironisa-t-elle. Tu ne me fais pas confiance ?

C'était exactement ce qu'il pensait, bien qu'il ne fût certainement pas prêt à l'admettre. Tiffany avait traversé trop d'épreuves au cours de ces dernières semaines. Elle avait beau être une jeune femme équilibrée, le chagrin et l'inquiétude pouvaient avoir raison d'elle. Il n'allait pas ajouter à son fardeau la crainte d'être ruinée. Il pouvait au moins lui épargner cela. Tant pis si elle avait une piètre opinion de lui pour le moment. Il lui dirait la vérité lorsqu'elle serait plus forte.

— Prends ça et essaie de dormir, conseilla-t-il. Cela ira mieux demain.

Elle fixa les capsules, les larmes aux yeux.

— Mon père était mon roc, murmura-t-elle avec émotion. Il était toujours là quand j'avais besoin de lui.

Le visage de King se durcit. Autrefois, il avait été lui aussi un soutien pour Tiffany, avant qu'ils se marient et deviennent des ennemis.

— Tu ne sauras jamais à quel point je suis désolé, dit-il d'une voix tendue. Je voudrais que tu me croies quand je te dis que je n'ai pas été la cause de sa crise cardiaque. Je ne me suis pas disputé avec lui au sujet de Carla.

Elle leva la tête vers lui, et pour la première fois, lut la douleur dans son regard. Elle se tassa légèrement, comme vaincue.

— Je sais que tu avais de l'affection pour mon père, King.

— Au cas où tu te poserais la question, ajouta-t-il avec un léger sourire, Carla est partie. Tu ne la reverras jamais.

Elle le dévisagea en silence.

— Pourquoi ?

— Que veux-tu dire ?

— Pourquoi mon père l'a-t-il renvoyée ?

King avait l'impression de marcher sur des œufs, mais il ne pouvait faire autrement que de dire la vérité.

— Parce qu'elle m'a fait revenir de Jamaïque sous un faux prétexte, dans le seul but de gâcher notre lune de miel, et qu'il le savait. Il a dit qu'il en avait assez qu'elle s'immisce dans notre mariage.

— Moi aussi, rétorqua-t-elle.

— Et moi donc ! dit-il sèchement. Harrison m'a pris de vitesse, c'est tout.

— Vraiment ?

— Viens ici.

Elle hésita. King paraissait presque violent.

Il se leva et fit le tour du bureau tandis qu'elle reculait.

— Oh, non, tu ne t'échapperas pas comme ça, dit-il d'une voix aussi sensuelle que la soie.

Avant qu'elle ait eu le temps de réagir, il l'avait soulevée dans ses bras.

— Je t'ai écoutée. A présent, c'est à ton tour de m'écouter, dit-il en retournant s'asseoir.

Tiffany était rigide contre lui.

— Ne t'inquiète pas, grogna-t-il. Les hommes ivres font de mauvais amants. Et je ne suis pas d'humeur, de toute façon. Écoute-moi.

Elle se tortilla, mais il l'empêcha de se relever.

— Carla n'était pas censée s'occuper des fleurs pour notre mariage, dit-il. J'avais demandé à Edna, le chef du personnel, dont les parents sont fleuristes. Mais Carla a profité d'une de mes absences pour aller la voir avec une lettre — un faux — qui disait que j'avais demandé à Carla de la remplacer.

Tiffany le dévisagea, bouche bée.

— Comment l'as-tu découvert ?

— Je suis allé voir Edna à mon retour de Jamaïque. Je lui ai fait des reproches, et elle m'a raconté ce qui s'était passé. J'étais furieux. Je suis allé droit à mon bureau pour avoir une explication avec Carla et j'ai trouvé ton père avec elle.

— Oh…

Il plongea son regard dans le sien.

— Tu n'as pas une très bonne opinion de moi, n'est-ce pas ? murmura-t-il. Quels que soient mes sentiments concernant le mariage, je ne t'aurais jamais délibérément fait souffrir.

Elle esquissa une moue contrite.

— J'aurais dû m'en douter.

— Tu portais un tailleur pour notre mariage, reprit-il. J'ai été blessé dans mon amour-propre. Je pensais que c'était une façon de me dire que tu ne voulais pas vraiment te marier.

— Et je pensais que tu ne te soucierais guère de ce que je portais, puisque tu ne voulais pas m'épouser.

King se raidit, puis la serra étroitement contre lui.

— Je me suis éloigné de toi à un moment où nous aurions dû partager nos craintes, dit-il au bout d'un instant. Nous avions trop de secrets. A vrai dire, nous en avons toujours.

Il prit une brève inspiration, et se jeta à l'eau.

— Tiffany, le comptable de ton père s'est enfui en emportant la plupart de tes biens. Je crois sincèrement que c'est cela qui a causé la crise cardiaque de ton père, même si l'incident avec Carla n'a fait qu'aggraver les choses. Il était bouleversé parce qu'il savait qu'il devrait t'avouer la situation à ton retour.

Tiffany écarquilla les yeux.

— Tu veux dire qu'il a été escroqué ?

— En deux mots, oui, répondit-il avec un léger sourire. Tu risques la faillite à moins que je ne puisse faire arrêter ce comptable à temps.

— Je suis ruinée ?

Il hocha la tête.

Elle poussa un soupir.

— Je peux dire adieu à mon yacht.

— Que ferais-tu d'un yacht ?

Le cœur battant, elle garda les yeux baissés.

— Je me disais que je pourrais m'en servir comme appât pour trouver un mari.

Les yeux de King pétillèrent, et il sourit. C'était la Tiffany d'autrefois.

— Et que tu ferais-tu du mari que tu as déjà ?

Elle le dévisagea avec une moue.

— Je pensais qu'il voulait divorcer.

Il arqua un sourcil, puis enveloppa son corps mince d'un regard possessif.

— Tu te trompais.

10.

Une lueur intense brillait dans ses yeux. Lentement, il l'attira plus près et se pencha vers elle.

Tiffany attendait, osant à peine respirer. Il y avait une éternité qu'il ne l'avait pas embrassée. Elle noua les bras autour de son cou, savourant déjà la douceur du contact.

La brusque entrée de Lettie, chargée d'un plateau de café et de cookies, leur fit l'effet d'une bombe. Tous les deux tressaillirent en même temps.

Sur le seuil, Lettie hésita.

— Vous voulez que je m'en aille ? gloussa-t-elle.

King s'était déjà ressaisi.

— Pas si vous apportez des cookies au citron.

Tiffany étouffa un cri indigné, et il l'aida à se lever avec un sourire taquin.

— Désolée, ma chérie, mais j'ai un faible pour les cookies au citron.

— Vraiment ? fit-elle, les mains sur les hanches.

Il posa sur elle un regard appréciateur.

— Il n'y a qu'une seule chose que je leur préfère, ajouta-t-il.

— Trop tard pour te rattraper, lança-t-elle en s'éloignant.

King s'approcha de Lettie, prit le plateau et le déposa sur la petite table. Tous trois s'assirent autour, et Lettie se mit en devoir de servir le café et les biscuits.

— Je vais bientôt être pauvre, Lettie, annonça Tiffany.

— Pas si vite, murmura King en savourant un cookie. Je vais contacter le détective privé que ton père a engagé, et Interpol aussi. Ce misérable sera arrêté.

— Pauvre papa ! soupira Tiffany, les larmes aux yeux.

— Je crois qu'il n'a découvert la vérité que deux jours avant sa crise cardiaque, fit Lettie. Je lui ai conseillé d'aller voir un médecin ce jour-là. Il avait mauvaise mine, ce qui était rare chez lui…

Elle se tut, refoulant les larmes.

Tiffany passa un bras autour de ses épaules.

— Ne pleure pas, Lettie, dit-elle doucement. Papa ne voudrait pas nous voir tristes.

— Non, ajouta King. Mais cela ne peut pas nous empêcher d'avoir du chagrin. Harrison était quelqu'un de bien.

Non sans mal, Tiffany prit une profonde inspiration, puis se força à grignoter son biscuit.

— Ils sont délicieux, commenta-t-elle avec un sourire.

— Je les ai achetés dans une boulangerie du centre-ville. Ils sont tout frais.

— Je la connais, fit King. Je vais en acheter régulièrement.

Tiffany lui lança un regard timide et sourit.

— Je ne savais pas que tu aimais les cookies.

Il lui rendit son regard, mais resta grave.

— Et moi je ne savais pas que tu étais allergique à l'aspirine.

Et cela semblait peser sur lui. Tiffany le dévisagea avec attention, remarquant combien ses traits étaient tirés.

— King, tu ne pouvais pas savoir que papa.

Tu as entendu le médecin. Personne n'aurait pu prévoir ce qui est arrivé.

Il fixait son gâteau à demi terminé.

— Si seulement il n'y avait pas eu cette scène…

Elle effleura sa main.

— Cela aurait pu se produire de toute façon, dit-elle fermement. On ne peut pas tout contrôler dans la vie. Il y a toujours des choses qui nous échappent.

La mâchoire crispée, il refusait toujours de rencontrer son regard.

— Je sais que tu n'aimes pas perdre le contrôle, ajouta-t-elle doucement, le prenant par surprise. Mais aucun d'entre nous n'aurait pu prévoir ce qui est arrivé. Je me souviens avoir entendu parler d'un politicien qui avait eu une crise cardiaque dans le cabinet de son médecin. Il n'a pas pu être sauvé. Comprends-tu ce que je veux dire ?

Il tendit une main vers elle, mêlant ses doigts aux siens.

— Oui, je crois.

Lettie but une gorgée de café, songeuse, puis leva brusquement les yeux.

— Seigneur, dire que votre lune de miel n'aura duré qu'une seule journée !

— Ç'a été une belle journée, murmura King.

— Oui, souffla Tiffany, et les doigts de King pressèrent les siens.

— Nous la terminerons quand nous aurons résolu nos problèmes ici, reprit King. Nous aurons tout notre temps.

Tiffany acquiesça.

— Ce serait dommage que cet escroc ne soit pas arrêté, fit Lettie en parcourant l'élégante pièce du regard. Cette maison est une sorte d'héritage. Harrison avait espéré la léguer à ses petits-enfants.

Tiffany sentit King se raidir à côté d'elle. Lentement, elle dégagea sa main pour la mettre autour de sa tasse.

— Nous avons encore le temps de songer à avoir des enfants, dit-elle délibérément à Lettie. Certains couples n'en ont jamais.

— Oh, mais tu en auras, ma chérie ! affirma Lettie d'un ton rêveur. Tu as toujours adoré les enfants…

Tiffany se leva, espérant que sa pâleur soudaine n'alarmerait pas Lettie. Cette dernière ne pouvait pas savoir que King ne désirait pas d'enfant.

— Je suis si fatiguée, murmura-t-elle avec un

sourire d'excuse. Je vais aller me recoucher, si cela ne vous ennuie pas.

— Bien sûr que non, mon petit. Vas-tu pouvoir dormir à présent ?

Tiffany mit la main dans la poche de sa robe de chambre et en sortit les deux comprimés que King lui avait remis quelques instants plus tôt. Elle les avala avec une gorgée de café.

— Ça va aller, maintenant.

Elle reposa la tasse sur la soucoupe, évitant le regard de King.

— Tu es sûre ? demanda-t-il.

Il voulait qu'elle le regarde, mais elle en était incapable. C'était trop tôt. Elle ne voulait pas penser aux longues années de solitude qui l'attendaient. Elle n'osait imaginer que leur unique nuit ensemble ait porté ses fruits. A quoi bon se bercer d'illusions ? On ne tombait pas enceinte la première fois. Enfin, cela arrivait parfois, mais Tiffany n'aurait pas cette chance.

— Bonne nuit à vous deux, dit-elle en sortant de la pièce.

— A demain, ma chérie, répondit Lettie.

Elle fit mine de se lever à son tour.

— Je vais rapporter ce plateau à la cuisine.

— Je m'en charge, intervint King.

— Allez-vous essayer de dormir ?

Il fit non de la tête.

— J'ai trop à faire. Et demain, il faudra que je me concentre sur la recherche de ce comptable.

Lettie l'accompagna à la cuisine et se mit à remplir le lave-vaisselle. King l'observait, le visage grave.

— Faites attention à Tiffany demain, voulez-vous ? Je ne veux pas qu'elle reste seule.

— Bien sûr. Vous êtes inquiet à cause de Carla ?

Il acquiesça.

— Je doute qu'elle tente de s'en prendre à Tiffany, mais on ne sait jamais. Mieux vaut se montrer prudent.

Lettie le dévisagea longuement, fouillant son regard.

— Vous ne regrettez pas d'avoir épousé Tiffany, n'est-ce pas ?

— Je regrette d'avoir attendu si longtemps pour le faire, répondit-il.

— Mais il y a encore des problèmes ? insista Lettie doucement.

— Elle veut avoir des enfants, et je n'en veux pas.

— Oh, King !

Il cilla.

— J'ai toujours vécu seul, dit-il d'un ton bref. Cela a déjà été difficile pour moi de me marier. Je ne me suis pas encore fait à l'idée. La paternité…

Il haussa les épaules.

— Je ne peux pas assumer cela. Pas maintenant. Pas avant longtemps, tout au moins. Il faudra que Tiffany l'accepte.

Lettie ravala une réponse mordante, et soupira.

— Tiffany est encore très jeune, évidemment.

— Jeune et pleine de rêves, répéta King. De rêves impossibles.

Dans le couloir, Tiffany se retourna et remonta lentement les marches, ayant oublié le verre de lait qu'elle était venue chercher. Les choses étaient claires. King ne voudrait jamais d'enfant. Si elle voulait le garder, elle devrait renoncer à son rêve d'être mère.

Les jours qui suivirent, elle n'eut pas à éviter King. Il était tout simplement absent. Après le décès de Harrison, il avait dû s'occuper seul de la société. De plus, il y avait toutes sortes de démarches légales à effectuer, et King avait une nouvelle secrétaire. Il passait très peu de temps à la maison, et lorsqu'il s'y trouvait, semblait être constamment occupé à répondre au téléphone.

Lettie était toujours là, car Tiffany l'avait suppliée de rester. La maison était grande et vide sans Harrison, mais Lettie rendait la vie tolérable. Après avoir passé deux semaines à pleurer, Tiffany s'accoutumait peu à peu à vivre sans son père quand une nouvelle complication se présenta.

Un matin, elle fut prise de nausées. Jamais elle n'avait eu de tels problèmes auparavant. Même s'il était encore trop tôt pour effectuer des tests, elle sut instinctivement qu'elle était enceinte. Sa joie initiale céda vite la place à l'angoisse. Comment King allait-il réagir à la nouvelle ? Portant une main protectrice à son ventre, elle laissa échapper un gémissement de détresse.

Elle ne pouvait le lui dire. Il ne voudrait pas du bébé, et il pourrait même suggérer... une alternative. Ce n'était pas une option qu'elle était prête à envisager. Elle aurait son enfant, dût-elle quitter King et s'enfuir.

Cela signifiait qu'elle devait garder le secret sur son état.

Au début, ce fut facile. Il n'était jamais à la maison. Néanmoins, au bout de quelques semaines, l'activité devint moins frénétique au bureau, et il commença à rentrer plus tôt. Il se montrait tendre et attentif envers elle, comme s'il essayait de lui faire oublier leurs débuts orageux et de recommencer de zéro.

Tiffany dut faire appel à toutes ses forces pour résister à ces tentatives de réconciliation, car elle avait plus besoin de lui que jamais. Mais un rapprochement était trop risqué. Son corps changeait, et King n'était pas stupide. S'il la voyait dévêtue, il y avait de petits signes que même un célibataire endurci remarquerait.

King était surpris par la conduite de Tiffany. Après la mort de Harrison, ils s'étaient rapprochés l'un de l'autre. Certes, il avait dû consacrer l'essentiel de son temps à la société, et il avait pris soin de respecter l'intimité de Tiffany en cette période difficile, afin de lui donner le temps de surmonter son deuil. Mais maintenant, elle parlait de reprendre sa carrière à New York, et d'emmener Lettie pour lui tenir compagnie.

Pensait-il qu'il était indifférent à ce qu'elle éprouvait ? se demandait-il avec inquiétude. En réalité, il avait dû s'occuper des changements nécessaires au bureau, et de l'exécution du testament laissé par Harrison, sans parler de faire rechercher le comptable véreux. Quand il tentait de parler à Tiffany, elle trouvait divers prétextes pour l'éviter.

Lettie elle-même semblait perplexe, et ne put s'empêcher de s'étonner auprès de Tiffany qu'elle témoigne tant de froideur à King alors qu'il avait tant œuvré pour elles. Tiffany se contenta de sourire sans répondre. Lettie ne savait rien de sa grossesse. Personne n'allait menacer son bébé. Pas même Lettie, qui risquait de la trahir involontairement.

Tiffany parlait tout haut d'aller à New York, mais envisageait en son for intérieur d'autres possibilités. Elle pouvait aller n'importe où si elle le désirait. Même sans la fortune de son père, un legs de sa mère lui garantissait chaque mois une somme considérable sur son compte en banque. Elle avait les moyens de vivre seule et de prendre soin de son enfant. La seule question était de savoir où.

Un après-midi, King la trouva en train de feuilleter des catalogues de voyage, qu'elle se hâta d'empiler et de ranger à sa vue, l'air aussi coupable que s'il l'avait surprise à voler.

— Tu songes à partir en vacances ? s'enquit-il en fronçant légèrement les sourcils.

— Qui ? Moi ? fit Tiffany en changeant de position sur le canapé. Non !

Elle s'éclaircit la voix.

— Enfin, pas dans l'immédiat. J'ai pensé…

Elle hésita, cherchant en vain une issue à la discussion.

— Tu as des nouvelles de ton ami Mark ? demanda-t-il abruptement.

— Mark ? Oh. Je crois qu'il est en Grèce, en train de tourner un spot publicitaire pour une marque de maillots de bain.

— En effet, confirma King, songeur. J'ai rencontré le père de Lisa lors d'une réunion cette semaine. Apparemment, c'est plutôt sérieux, entre eux.

— Tant mieux, répondit Tiffany. Mark n'a pas eu une vie facile. Et Lisa non plus, par certains côtés. Elle a toujours eu de l'argent, mais son père est très autoritaire. J'espère qu'il n'envisage pas de leur mettre des bâtons dans les roues.

— Lisa a menacé de s'enfuir s'il essaie, reprit King en souriant. Je suppose que l'amour rend courageux.

Tiffany songea à Carla, mais s'abstint de tout commentaire désobligeant.

— Tu ne déjeunes pas ?

Elle tressaillit.

— Euh… non, pas vraiment, balbutia-t-elle. J'ai pris de mauvaises habitudes depuis que papa est mort. Le déjeuner me rappelle trop de souvenirs.

— Ce n'est pas une raison pour te laisser mourir de faim.

Elle baissa les yeux, traçant le contour d'une fleur sur sa jupe.

— Je ne me laisse pas mourir de faim. Je déjeune dans ma chambre.

Il resta debout, immobile, faisant tinter distraitement de la monnaie dans sa poche. Tiffany jeta un coup d'œil à l'horloge.

— Tu es de retour de bonne heure, observa-t-elle.

— Oui.

Il prit place dans le fauteuil placé à côté du canapé.

— Je voulais t'annoncer que nous avons retrouvé le comptable.

— Fantastique !

Il sourit.

— Oui. Il pensait être à l'abri et prenait du bon temps dans un hôtel de luxe aux Bahamas quand un bandit l'a enlevé et débarqué sur une plage à Miami, où il a aussitôt été arrêté.

— Tu connais des gens capables de faire des choses pareilles ?

— Apparemment, oui, fit-il d'un ton satisfait.

— Qu'est devenu l'argent ?

— Tout est encore en sa possession, hormis quelques milliers de dollars. Il a avoué sans faire de difficulté et offert de tout restituer. Je dois dire qu'il était désolé pour Harrison.

— Mon père serait peut-être encore vivant sans lui, murmura-t-elle. J'espère qu'il va aller en prison.

— Oh, il ira, ne t'inquiète pas ! Et il n'occupera plus jamais de poste de confiance.

— C'est une satisfaction, commenta-t-elle. Mais cela ne ramènera pas mon père.

— Non, hélas.

Elle leva les yeux vers King. Il paraissait agité, maussade.

— Qu'y a-t-il ?

— Je préférerais ne pas avoir à le dire.

Tiffany se raidit, redoutant le pire. Mais après tout ce qu'elle avait vécu, elle se sentait de taille à surmonter un coup de plus. Elle était plus forte qu'elle ne l'avait jamais été.

— Je t'écoute.

King la dévisagea avec attention.

— Comme tu as changé, Tiffany…

Il se pencha en avant, appuyant ses coudes sur ses genoux.

— J'aimerais que tu voies un médecin.

Elle haussa les sourcils.

— Moi ? Pourquoi ?

— Parce que nous sommes mariés, répondit-il tranquillement. Et que je ne peux plus me passer de toi. Cela étant, il faut que tu prennes une contraception. Nous ne pouvons pas nous permettre d'autres manquements.

Le cœur de Tiffany fit un bond dans sa poitrine. Elle déglutit avec peine, résolue à ne pas se trahir.

— Tu avais dit que tu t'en chargerais, au début.

— Oui, c'est vrai, admit-il avec un rire. Et tu te souviens de mon efficacité ?

Ellc rougit.

— C'était… inattendu.

— Et délicieux, murmura-t-il. J'en rêve encore. J'ai essayé de te donner du temps. Mais je n'en peux plus, Tiffany. J'ai besoin de toi.

De nouveau, elle sentit la rougeur lui monter aux joues.

— Très bien. Je verrai le médecin.

— Parfait.

Il se leva et s'avança vers le canapé, tendant les mains pour l'attirer contre lui avec un soupir.

— Tu me manques tant, Tiffany, murmura-t-il en se penchant vers elle.

Ses lèvres prirent possession des siennes, et elle gémit de plaisir. Instinctivement, elle noua les bras autour de son cou, se pressant davantage contre lui.

Il gémit à son tour, et la prit par la taille pour l'attirer plus près. Soudain, il se figea. Lentement, il releva la tête, et plongea son regard dans le sien. Tandis qu'elle essayait de réfléchir, il promena doucement, délibérément, les mains sur sa taille et son ventre.

Son expression s'altéra. Tiffany lut le choc, la tension, l'horreur sur ses traits.

Elle s'arracha brutalement à lui, submergée de douleur.

Il laissa retomber ses bras.

— Non, dit-elle d'une voix étranglée, avant qu'il ait eu le temps de dire quoi que ce soit. Je ne ferai rien, je me moque de ce que tu penses, de ce que tu veux ! C'est mon bébé, et je vais l'avoir. Tu m'entends ? Je vais l'avoir !

Elle fit volte-face et courut vers le vestibule et le sanctuaire de sa chambre. Elle pourrait s'y enfermer à clé si seulement elle y arrivait avant lui ! Du coin de l'œil, elle le vit qui s'élançait derrière elle, et comprit qu'elle n'atteindrait jamais l'escalier.

Au dernier moment, elle changea de direction et courut vers l'entrée, envahie par une vague de panique et de nausée. Elle ouvrit la porte à la volée, et sortit, oubliant la pluie qui avait transformé le perron en patinoire. Ses pieds se dérobèrent et elle tomba sur le dos dans un bruit sourd, affreux.

— Tiffany !

Elle entendit à peine l'exclamation de King. Elle avait l'impression que tous ses os étaient brisés. Elle ne pouvait pas respirer, encore moins parler. Le souffle coupé, elle leva les yeux vers son visage livide sans le voir vraiment.

— Mon bébé…, gémit-elle.

King s'agenouilla à côté d'elle, la palpant avec précaution, les doigts légèrement tremblants.

— Ne bouge pas, conseilla-t-il d'une voix incertaine. Seigneur !

Il se releva et franchit le seuil.

— Lettie ! Lettie, appelez une ambulance, Tiffany est tombée.

— Oh, mon Dieu. Elle n'est pas blessée ?

— Je ne sais pas. Appelez une ambulance !

— Oui, oui, tout de suite.

King revint auprès de Tiffany et prit sa main glacée dans la sienne. La pluie tombait dru au-delà de la véranda, formant un rideau entre eux et le reste du monde.

Tiffany prenait de brèves inspirations saccadées. Des larmes roulaient sur ses joues. Elle porta une main à son ventre.

— Mon bébé, sanglota-t-elle. Mon bébé !

— Oh, Seigneur, gémit-il en passant le dos de

ses doigts sur ses joues ruisselantes de larmes, tout ira bien, ma chérie. Tout ira bien. Lettie !

Lettie arriva en courant.

— L'ambulance arrive ! annonça-t-elle en s'avançant vers Tiffany. Oh, mon petit. Je suis tellement désolée…

Incapable d'articuler un son, Tiffany sanglota de plus belle. Bouleversé par ses larmes, King lui sécha les yeux à l'aide de son mouchoir, lui murmurant des paroles de réconfort.

Elle ferma les yeux. Elle avait mal partout, et elle avait sans doute perdu le bébé. Il n'y en aurait jamais d'autre. King ferait en sorte qu'ils prennent des précautions à l'avenir, et elle vieillirait sans avoir connu le bonheur d'avoir un enfant, sans avoir tenu un enfant dans ses bras…

Sans se soucier du sol mouillé, King s'allongea à côté d'elle, posant une main tendre et rassurante sur son ventre.

— Essaie de ne pas t'inquiéter, souffla-t-il en l'embrassant doucement. Le bébé va bien. Je le sais.

11.

Sidérée, Tiffany ouvrit les yeux, plongeant son regard dans le sien.

— Tu n'en veux pas, murmura-t-elle.

Il prit une inspiration émue, et promena sa main sur son ventre.

— Si, répondit-il doucement. Je vous veux tous les deux.

Avant que Tiffany ait pu trouver les mots pour lui répondre, l'ambulance surgit dans l'allée, s'arrêtant devant les marches.

Après avoir été examinée, Tiffany fut installée dans le véhicule. King monta avec elle, promettant à Lettie d'appeler dès qu'il aurait des nouvelles.

Tiffany sentit ses doigts se refermer sur les siens.

— Aller à l'hôpital devient une habitude, chuchota-t-elle.

Il porta sa main à ses lèvres et y déposa un baiser ardent.

— Où tu iras, j'irai, Tiffany, promit-il, tandis que ses yeux lui promettaient bien d'autres choses encore.

Aux urgences, elle fut auscultée avec soin par le médecin de famille, le Dr Briggs, qui effectuait justement ses visites.

— J'ai entendu parler de ta petite expédition à Montego Bay, dit-il en riant lorsqu'il vint lui apporter le résultat des tests une heure plus tard. On dirait que le mariage ne te convient pas !

— Au contraire, protesta King, qui ne la quittait pas des yeux, l'air fasciné. Elle va avoir un bébé. N'est-ce pas ?

Le médecin acquiesça, souriant devant le visage radieux de Tiffany.

— J'imagine que nous n'aurons pas de mal à établir la date de conception, plaisanta-t-il.

Tiffany rougit tandis que King éclatait de rire.

— Il va faire le fanfaron pendant quelque temps, commenta le médecin à l'adresse de Tiffany. Ensuite, il va commencer à s'inquiéter, et il faudra le rassurer constamment jusqu'après l'accouchement. Les futurs pères sont des gens fragiles !

— Il va lui falloir un gynécologue, murmurait King tout haut. Un bon.

— Je n'envoie pas mes patientes chez les autres, assura Briggs patiemment.

— Et il faudra qu'on trouve une école convenable…

Tiffany fit mine de protester, mais le Dr Briggs intervint en riant.

— Ne l'interromps pas, conseilla-t-il avec un sourire amusé. Il est en train de songer aux familles de la ville qui ont une petite fille. Car il faudra que l'héritier ait une épouse appropriée.

— Ce pourrait être une fille !

— Quelle hérésie ! fit le médecin, feignant l'outrage.

— Nous devrions peut-être le lui rappeler ?

Le médecin secoua la tête.

— Un homme a bien le droit de rêver d'une dynastie de temps à autre, sourit-il. Tout va bien, Tiffany. Tu as quelques bleus, mais il n'y a rien de cassé, et le bébé est bien accroché. Pas d'imprudences, cependant. Appelle-moi lundi et je te donnerai le nom d'un gynécologue.

King la ramena à la maison et la porta à l'intérieur, la berçant comme un trésor.

Lettie les attendait, les poings sur les hanches.

— Vous n'avez pas téléphoné ! dit-elle d'un ton de reproche.

— King était trop occupé à organiser le mariage, plaisanta Tiffany.

Lettie la regarda, perplexe.

— Le mariage ?

— Celui de notre fils.

Lettie parut stupéfaite, puis ravie.

— Tu attends un bébé !

— Oui.

Lettie jeta un coup d'œil inquiet à King.

— Je sais, dit-il d'un ton las. Je mérite d'être mis au pain et à l'eau pendant un mois au moins.

Il haussa les épaules, attirant Tiffany plus près de lui.

— Je ne savais pas ce que j'éprouverais, avoua-t-il en lui souriant avec une tendresse qui éveilla en elle un frisson d'émotion. C'est une sensation incroyable.

Tiffany sourit, et reposa la joue contre son épaule.

— J'ai sommeil, dit-elle en bâillant.

— Je t'emmène au lit, répondit King aussitôt.

— Appelle-moi si tu as besoin de quoi que ce soit, intervint Lettie avant d'embrasser Tiffany avec affection.

— Tout ira bien. Merci, Lettie.

Sans cesser de sourire, King monta l'escalier, emporta Tiffany dans sa propre chambre et la déposa sur le lit avec précaution.

— Tu as dit que tu ne voulais pas d'enfant, murmura-t-elle d'une voix ensommeillée.

— Nous pouvons tous faire des erreurs, répondit-il en l'enveloppant d'un regard solennel. Mais je veux cet enfant. Vraiment. Presque autant que je te veux, toi.

Elle rougit.

— King, le Dr Briggs a dit que…

Il posa un doigt sur ses lèvres.

— … que le premier trimestre était délicat, acheva-t-il en hochant la tête. Nous ne ferons pas l'amour avant que le bébé soit né.

Il se pencha et l'embrassa avec tendresse.

— Mais nous dormirons dans les bras l'un de l'autre, comme nous aurions dû le faire depuis la première nuit de notre mariage. Si tu as froid, je te réchaufferai. Si tu as peur, je serai là pour te rassurer.

Il repoussa doucement ses cheveux soyeux, et souda son regard ardent au sien.

— Et si tu veux être aimée, je t'aimerai. Comme ceci.

Ses lèvres prirent tendrement possession de sa bouche, la savourant.

— Je t'aime, dit-il dans un soupir. Je t'aime de tout mon cœur. Et pour toute la vie.

Elle retint son souffle, bouleversée.

— Tu… tu m'aimes ?

— Autant que tu m'aimes, toi, dit-il en relevant la tête, fouillant son regard. Tu croyais que je ne le savais pas ?

Elle soupira.

— Non, pas vraiment.

— C'était la seule chose dont j'étais vraiment sûr. Et parfois, je me demandais pourquoi tu m'aimais. Je n'ai pas été facile. Veux-tu me garder malgré tout ?

Elle sourit lentement.

— Plus que jamais. Quelqu'un doit apprendre au bébé à gérer une société le moment venu.

Il éclata de rire.

— En tout cas, je suis là, que tu veuilles de moi ou non.

Il effleura sa joue, la contemplant avec un mélange de respect et de ravissement.

— Je n'avais jamais imaginé qu'appartenir à quelqu'un ou avoir quelqu'un qui vous appartienne puisse apporter autant de bonheur.

— Je sais, répondit-elle en traçant du bout du doigt le contour de ses lèvres. Nous ne sommes pas comme tes parents, King. Nous n'aurons pas les mêmes problèmes. Et puis… nous aurons notre enfant.

— C'est vrai, murmura-t-il en esquissant un sourire.

Elle l'attira à lui, et l'embrassa avec passion.

Les bras de son mari se refermèrent tendrement autour d'elle. Fermant les yeux, Tiffany rêva de berceuscs tandis que la pluie tambourinait doucement sur le toit.

HARLEQUIN

collection Horizon

PROCHAIN RENDEZ-VOUS LE

15 août 2009

RENDEZ-VOUS AVEC LE BONHEUR, Barbara McMahon • n°2229

Revoir Tanner Forsythe, peu après leur brutale rupture, est un choc pour Anna... d'autant qu'il vient d'être nommé directeur de l'entreprise où elle travaille et qu'elle va devenir sa plus proche collaboratrice ! Comment, dans ces conditions, continuer à taire le douloureux secret qu'elle s'était jusque-là efforcée de lui cacher ?

UN PAPA MODÈLE, de Ally Blake • n°2230

A la mort de son mari, Cal, un célèbre pilote de moto, Brooke découvre avec stupeur qu'il les laisse sans un sou, elle et ses deux enfants. Désespérée, elle se résoud à accepter l'hospitalité de Danny, l'entraîneur et agent de Cal, un homme qu'elle soupçonne d'avoir exercé une mauvaise influence sur son mari mais pour qui elle ressent, malgré elle, une étrange attirance...

UNE FAMILLE EN HÉRITAGE, de Caroline Anderson • n°2231

Mère d'un petit garçon de huit ans qu'elle élève seule, Molly tombe éperdument amoureuse de David Cauldwell, l'unique pensionnaire du Bed & Breakfast qu'elle tient pour assurer sa subsistance. Mais elle comprend que leur histoire est vouée à l'échec en apprenant que David a fait fortune en Australie, où l'attendent sa vie et ses affaires, et n'est que momentanément en Angleterre...

AMOUREUSE D'UN COW-BOY, de Diana Palmer • n°2232

Confiée, à la mort de ses parents, à son oncle chargé de gérer sa fortune, Fay est prête à tout pour échapper au mariage que celui-ci a prévu pour elle, et brûle de s'affranchir de sa pesante tutelle. C'est alors qu'elle rencontre Donovan, un arrogant cow-boy à la réputation de don Juan...

Attention, numérotation des livres pour le Canada différente : n° 947 au 950.

www.harlequin.fr

Best-Sellers n°382 • thriller

Collection macabre - Erica Spindler

A La Nouvelle-Orléans, la découverte d'un squelette de femme à la main coupée relance une affaire restée sans suite deux ans plus tôt : après avoir retrouvé plusieurs mains de femmes coupées, la police n'avait pas réussi à arrêter celui que la presse avait surnommé « le collectionneur». Chargée de l'enquête, l'inspecteur Patty O' Shay est sous le choc quand elle apprend que le badge de police de son mari, assassiné deux ans plus tôt, est retrouvé avec le squelette. Dès lors, elle n'a plus qu'une idée en tête : retrouver « le collectionneur ». Quel qu'en soit le prix...

Best-Sellers n°383 • roman

L'enfant du scandale - Barbara Delinsky

Hugh et Dana forment un couple harmonieux malgré leurs différences. Si Dana vient d'un milieu modeste et n'a jamais connu son père, Hugh, issu de la bourgeoisie bostonienne, a dû lutter pour faire accepter son épouse dans sa famille. Alors que l'arrivée d'un enfant semble apaiser les passions, c'est un véritable scandale que déclenche la naissance de la petite fille. Car, contre toute attente, le bébé a la peau sombre. Abasourdis, déchirés entre la joie et la soif de réponses, les jeunes parents décident d'explorer leurs racines, au risque de déterrer les secrets du passé.

Best-Sellers n°384 • suspense

Un danger dans la nuit - Lisa Jackson

Je sais ce que tu as fait, confesse tes péchés...

En écoutant ce message sur son répondeur, la psychologue Samantha Leeds plonge en plein cauchemar. Car l'appel lui rappelle le drame qui a marqué sa vie : le suicide d'Annie, une jeune auditrice perturbée qu'elle n'a pas pu sauver. Terrifiée, Samantha l'est d'autant plus que le harceleur est devenu un tueur qui viole et étrangle ses victimes en écoutant son émission. Tandis que les inspecteurs Bentz et Montoya pistent le meurtrier, Samantha se réfugie auprès de Ty Wheeler, son nouveau voisin, le seul homme auquel, croit-elle, elle peut encore faire confiance...

Best-Sellers n°385 • thriller

Tu tueras pour moi - Andrea Ellison

Dix jeunes femmes au teint d'albâtre et aux cheveux de jais, aux lèvres maquillées de rouge sang…Une série de crimes qu'à Nashville, personne n'a oubliés. Vingt ans plus tard, la ville est de nouveau plongée dans la peur tandis que quatre nouvelles victimes sont découvertes, tuées selon le même rituel. Mais pour les enquêteurs, pas de doute : ces crimes portent la signature sanglante du tueur. Pour Taylor Jackson, le lieutenant chargé de l'enquête, l'affaire prend une tournure personnelle : car un détail dans le profil de l'assassin a réveillé des souvenirs enfouis au plus profond d'elle-même…

Best-Sellers n°386 • thriller

La forêt de la peur - Michelle Gagnon

Dans les Appalaches, un terrifiant ossuaire est découvert. Pour l'agent Kelly Jones, du FBI, cette enquête tombe vraiment mal : elle espérait trouver dans les bras de Jake, ex flic reconverti dans la protection rapprochée, la force de surmonter le choc que lui a causé la mort tragique de son coéquipier. Mais d'autres corps sont retrouvés, portant la trace d'horribles sévices. Dès lors, Kelly ne peut s'empêcher de s'impliquer. Elle découvre qu'il n'y a pas un, mais deux tueurs. Deux assassins rivaux, lancés dans une atroce surenchère…

Best-Sellers n°387 • historique

La tentation de lady Blanche - Brenda Joyce

Londres et la Cornouailles, 1822

Sous des airs frivoles de riche héritière, Blanche Harrington cache une nature tourmentée, hantée par un drame de son enfance. Depuis, elle s'est juré de ne jamais se montrer vulnérable. Et de ne jamais accorder sa confiance à un homme. Mais sa rencontre fortuite avec sir Rex de Warenne, qu'elle surprend dans les bras d'une servante, va ébranler ses certitudes. A la fois choquée et fascinée par tant d'impudeur, Blanche ne peut s'empêcher de ressentir pour cet homme une attirance inavouable…

Best-Sellers n°388 • roman

Les amants de l'été - Susan Wiggs

Rosa Capoletti a de quoi être fière : orpheline de mère, elle s'est construite seule et fait carrière dans la restauration de luxe. Mais elle est toujours célibataire car elle ne peut oublier son premier amour : Alex Montgomery, le fils des riches voisins qui séjournaient chaque été sur la côte. Rosa n'a pas oublié leurs premiers baisers, et l'abandon, lâche et inexplicable, d'Alex, sorti de sa vie en entrant à l'université. Obsédée par ce douloureux souvenir, Rosa est pourtant décidée à rompre avec son passé. Mais voilà que, dix ans après son départ, Alex est de retour…

Best-Sellers n°389 • thriller

Le tueur d'anges - Erica Spindler

Il y a cinq ans, trois meurtres de petites filles ont semé la panique à Rockford, Illinois. Kitt Lundgren, chargée de l'enquête, a fait de la traque du tueur une obsession — mais elle a laissé le coupable lui échapper. Sa vie en a été marquée à jamais. Et voilà qu'après cinq ans de silence, le tueur d'anges recommence à frapper. Cette fois, Kitt est décidée à le retrouver, mais l'enquête est confiée à l'inspecteur Riggio, une jeune femme ambitieuse qui ne pardonne pas à Kitt ses erreurs du passé…

Best-Sellers n°390 • roman

Un été au Maryland - Nora Roberts

A Antietam, dans le Maryland, un été va bouleverser à jamais l'existence de plusieurs êtres meurtris par la vie. Cassie Connor se sent en effet revivre. Elle qui a subi des années durant les violences de son mari n'a-t-elle pas trouvé enfin le courage de porter plainte contre lui ? A présent que Joe est en prison, elle savoure sa liberté toute neuve. Et accepte d'être courtisée par Devin MacKade, l'un des célibataires les plus en vue de la région. Mais on ne se libère pas si facilement du passé…

Best-Sellers n°391 • roman

Le passé meurtri - Karen Young

Ecrivain reconnu, Elizabeth Walker s'efforce d'oublier les drames qui ont jalonné sa vie : la mort tragique de ses parents, la perte de ses deux petites sœurs, qu'elle n'a jamais revues depuis leur adoption, et son enfance à elle, ballottée au gré des familles d'accueil. Elle vit en solitaire jusqu'au jour où sa meilleure amie Gina se voit menacée de perdre la garde de sa fille. Cette fois, Elizabeth se battra. Pour Gina. Pour la petite Jesse, sa filleule adorée. Et pour se donner enfin une chance de prendre son destin en main.

Composé et édité par les
éditions Harlequin
Achevé d'imprimer en juin 2009

CPI
Bussière

à Saint-Amand-Montrond (Cher)
Dépôt légal : juillet 2009
N° d'imprimeur : 90664 — N° d'éditeur : 14388

Imprimé en France